U0449244

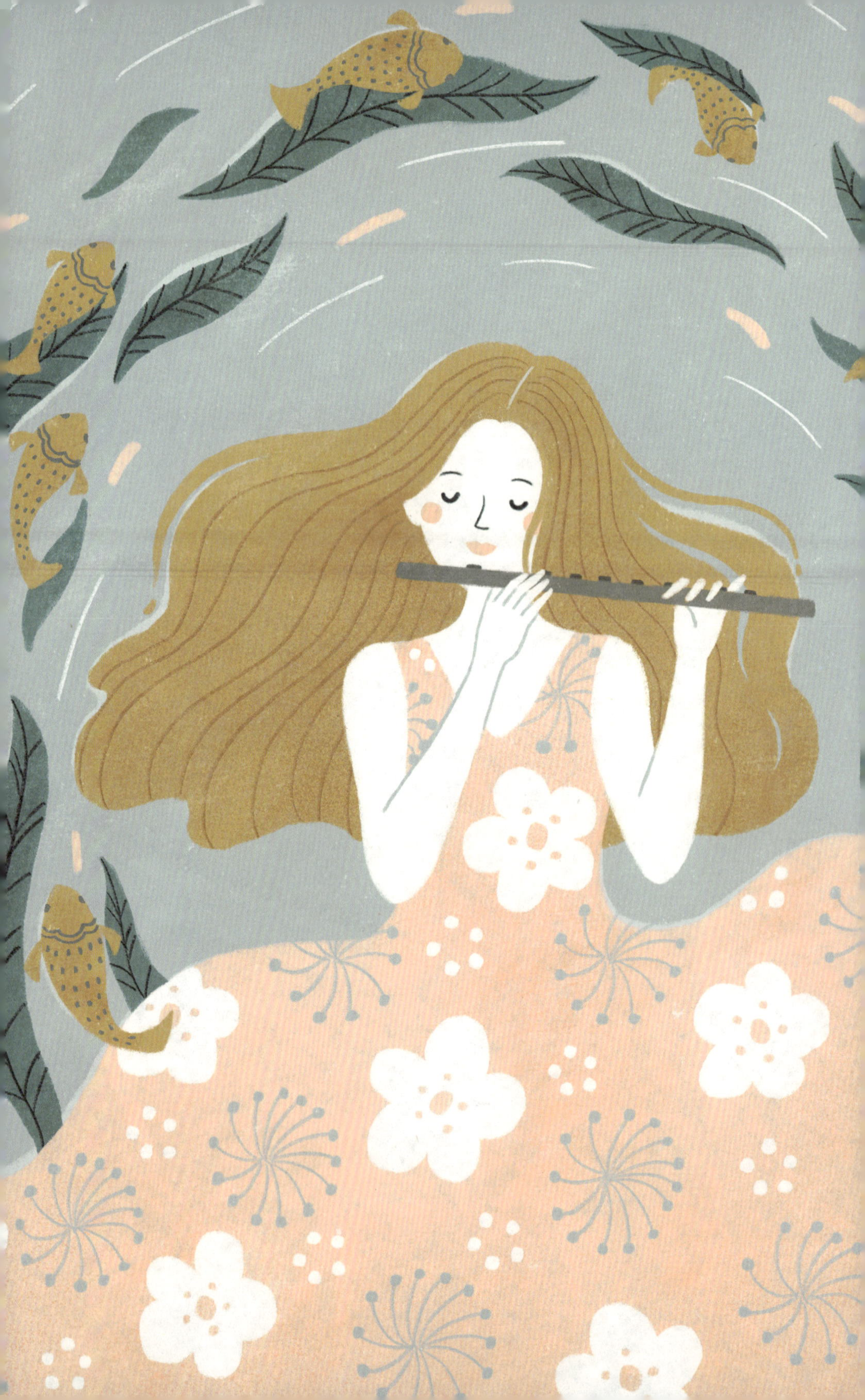

小学语文同步阅读

月光曲

YUEGUANG QU

〔日〕田边尚雄◎著
王洁花◎译

长江出版传媒　长江文艺出版社

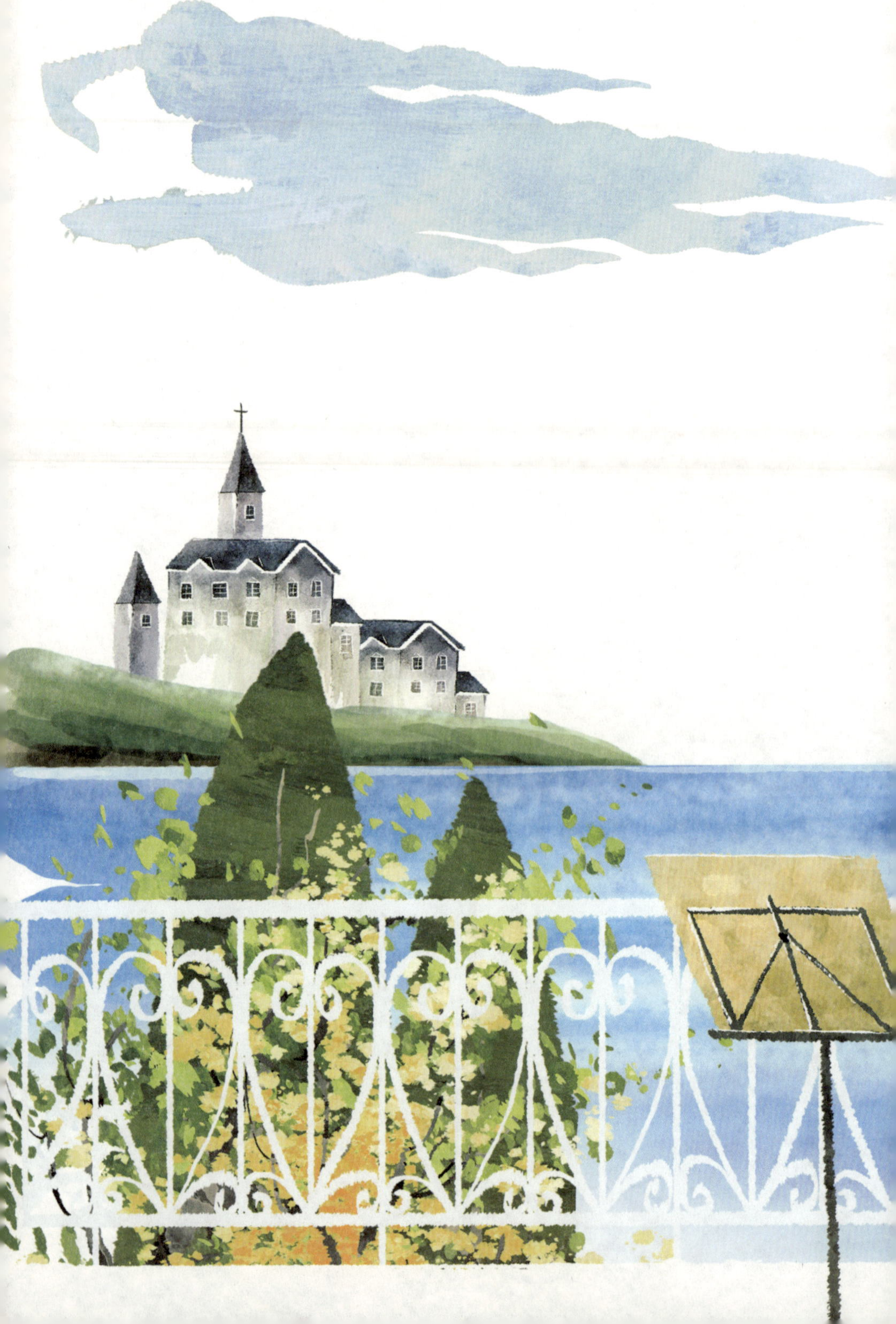

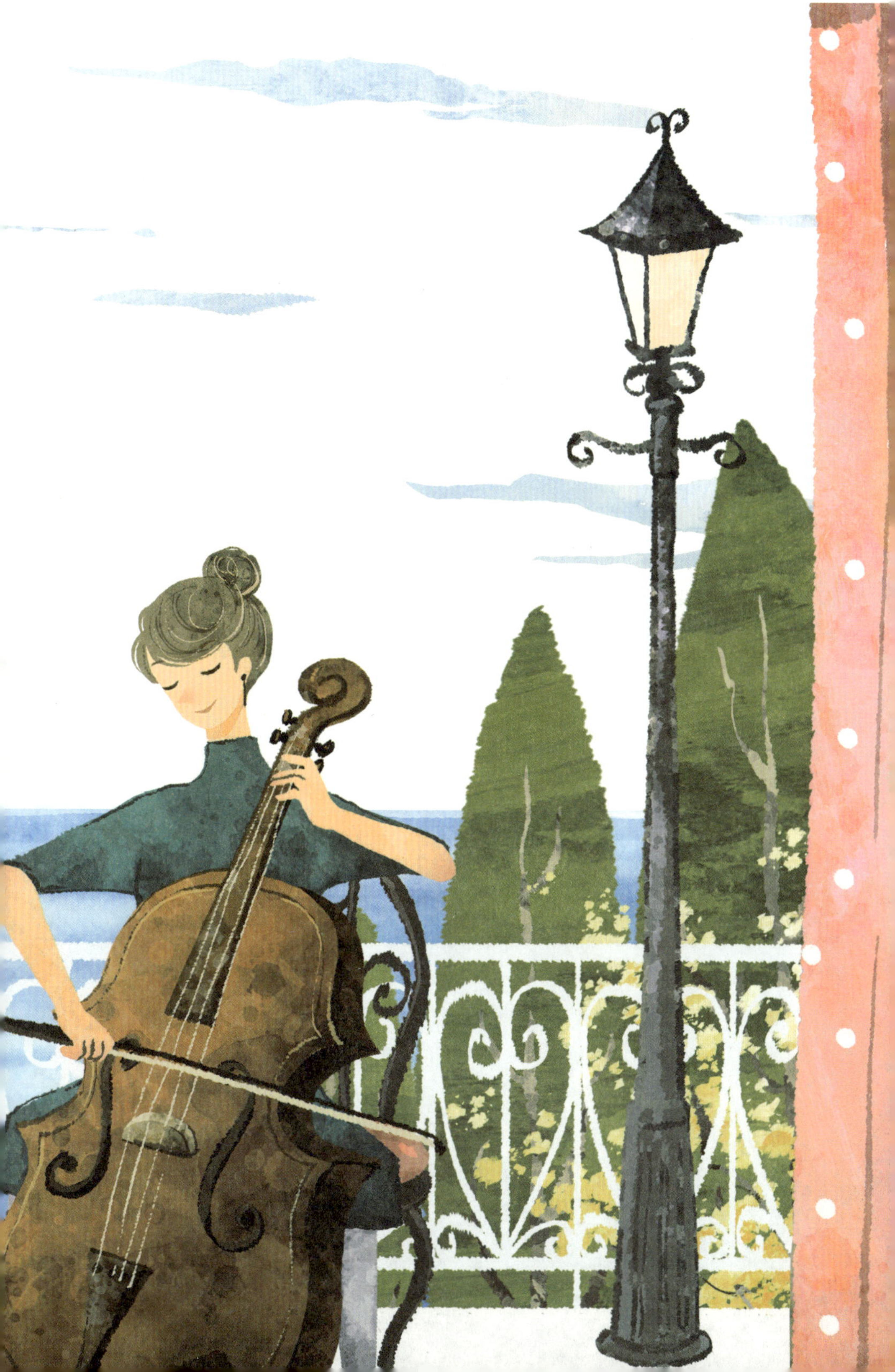

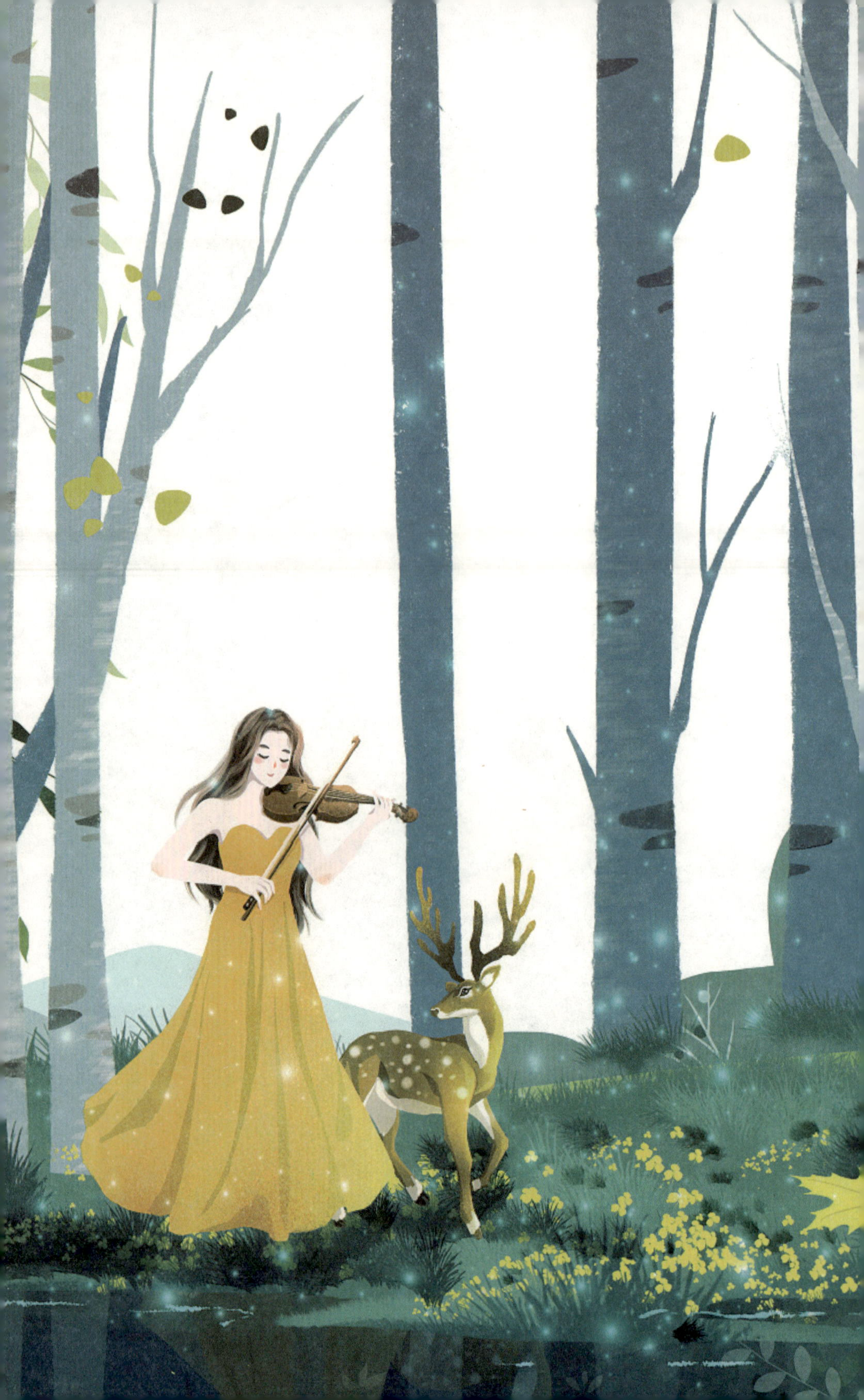

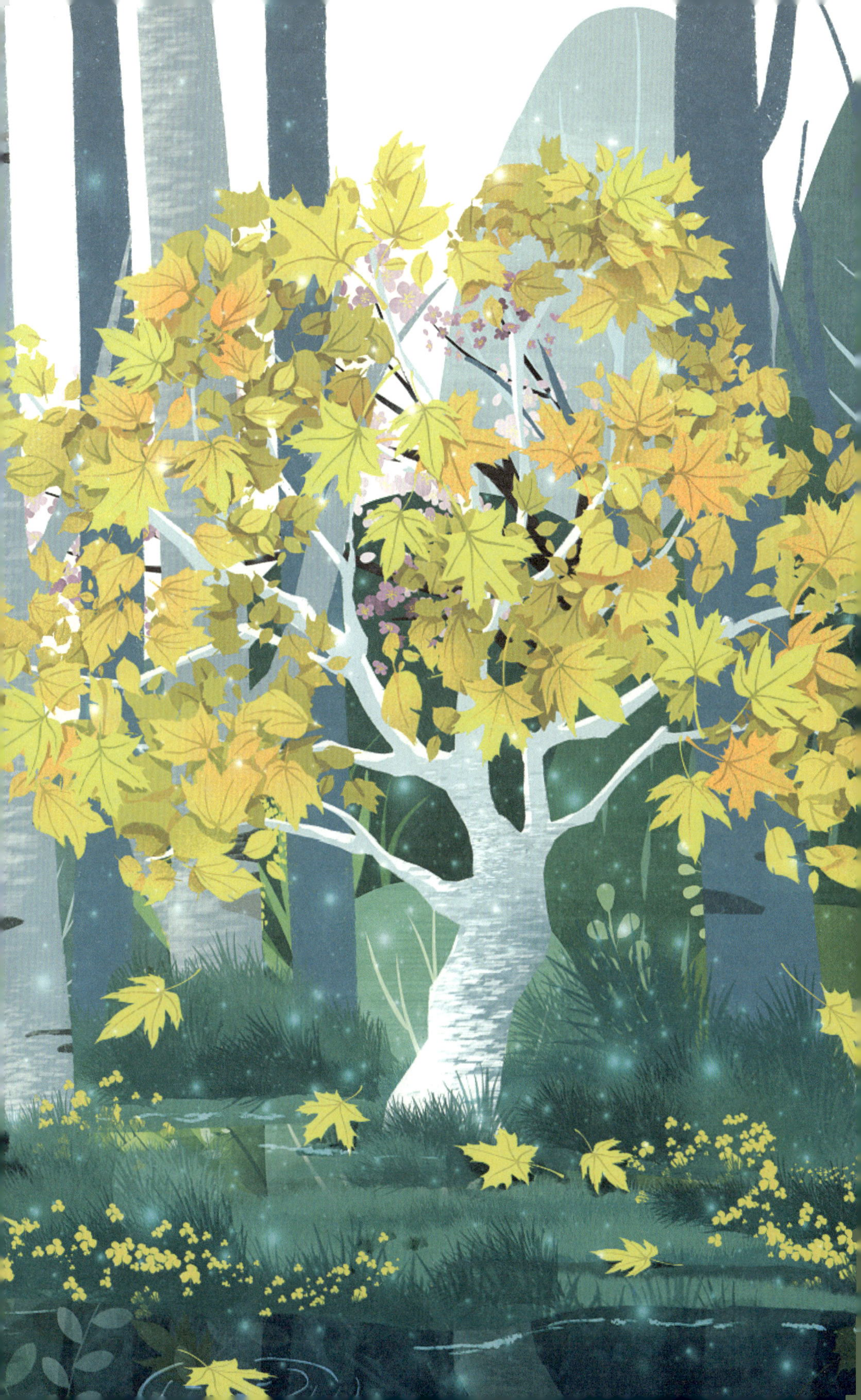

目录

1 月光曲

7 献给拿破仑的《英雄交响曲》

12 乐圣贝多芬的最终胜利

19 瓦格纳与《皇帝进行曲》

27 永不放弃梦想的音乐家瓦格纳

40 歌剧《罗恩格林》

55 拥有神奇小提琴的帕格尼尼

67 西方音乐奠基人巴赫

75 泰晤士河上献给国王的《水上音乐》

82 家庭音乐教育的注意事项

图一　贝多芬

图二　大提琴　　　　　　　图三　低音提琴

图四 竖琴

图五 横笛　　　图六 双簧管　　　图七 英国管

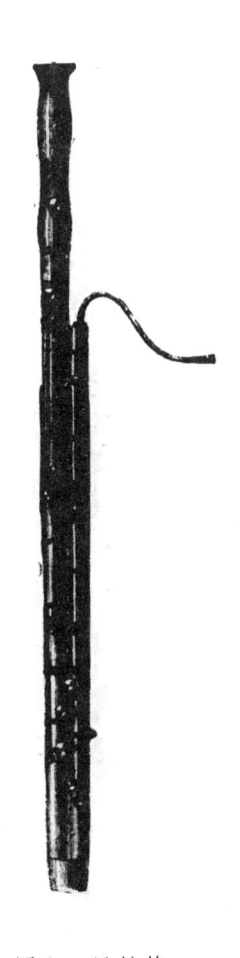

图八 巴松管　　　　图九 单簧管

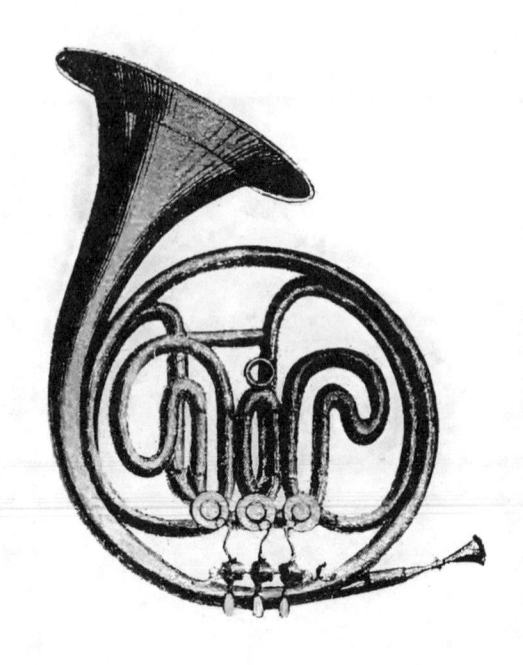

图十　圆号

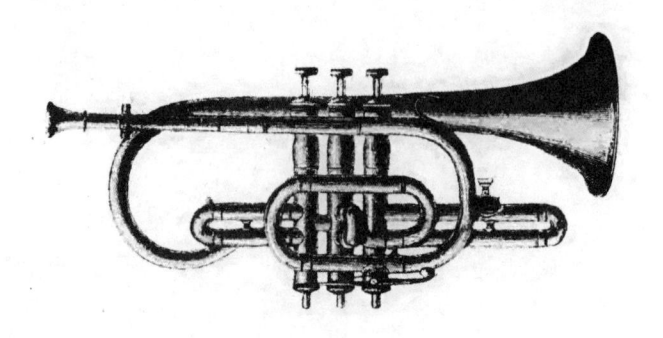

图十一　短号

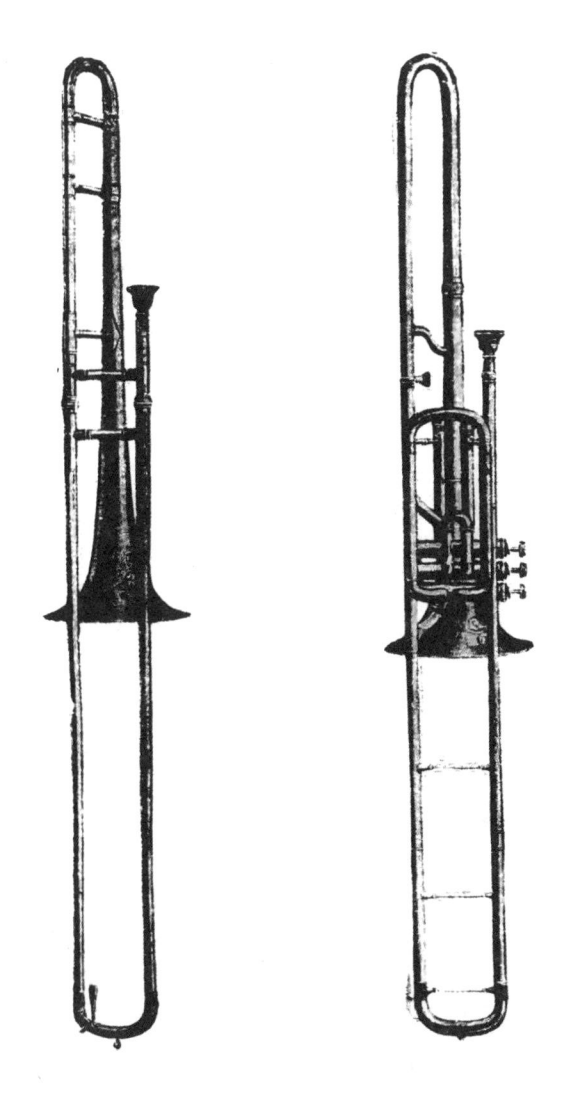

(甲) 活塞长号　　　　　(乙) 滑管长号

图十二　长号

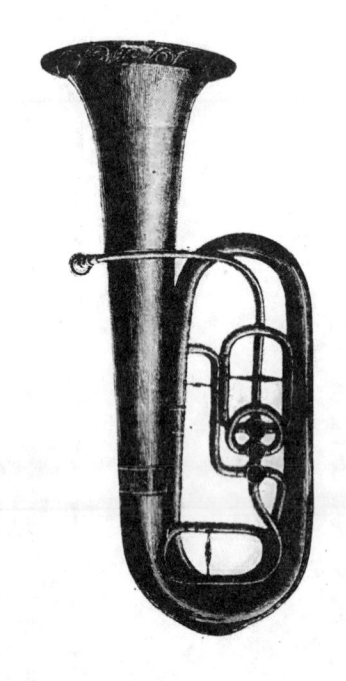

图十三　大号

图十四　定音鼓

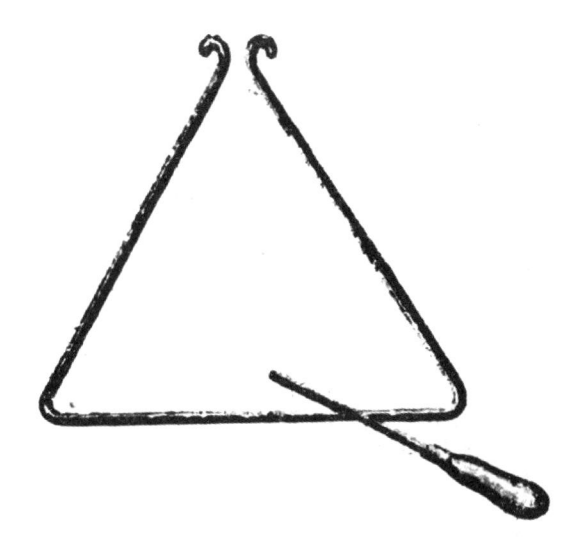

图十五　三角铁

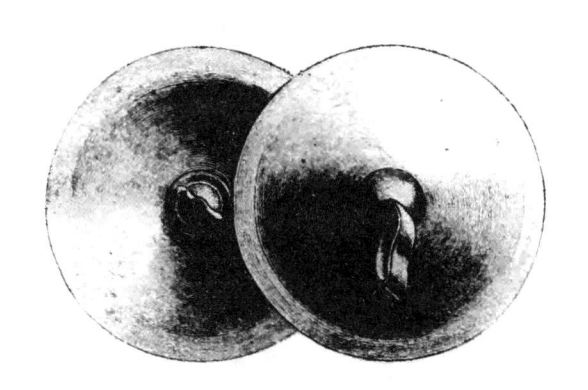

图十六　锣钹

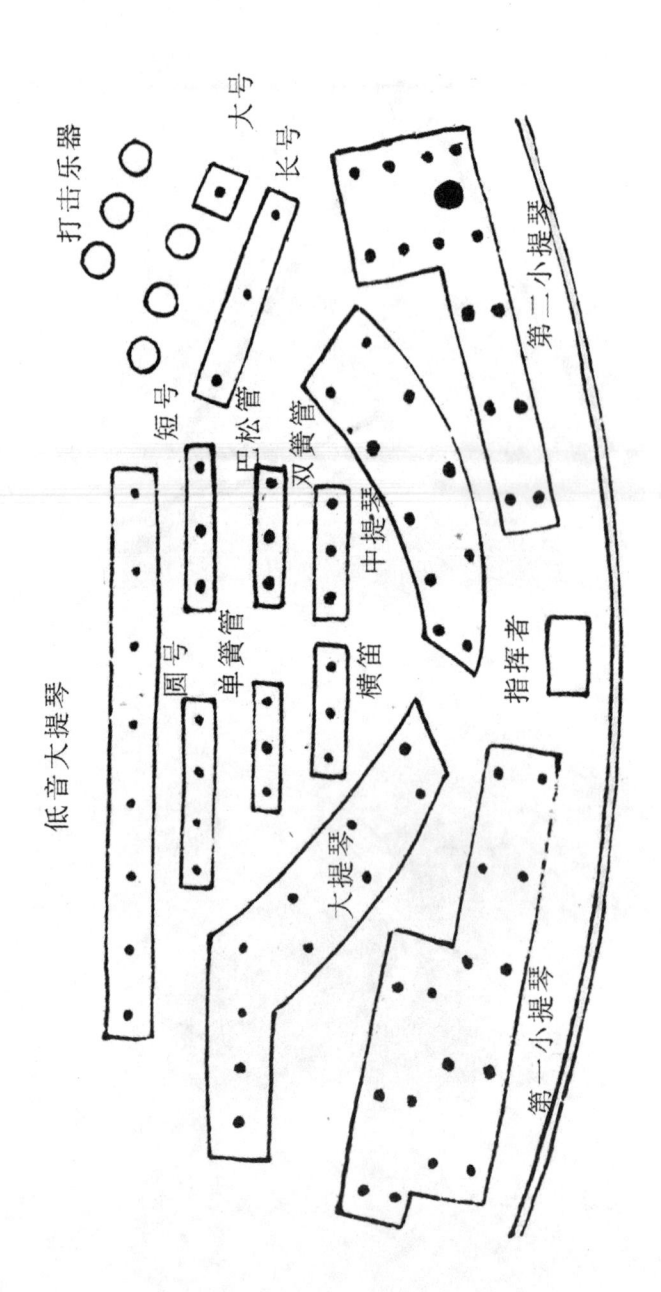

图十七 管弦乐团的摆放方式

图十八　瓦格纳

图十九　帕格尼尼

图二十　巴赫

图二十一　亨德尔

月光曲

距今约1120年前①,在德国著名的莱茵河边,有一座叫作波恩的城市,破旧的屋子遍布城市的各个角落。黄昏时分的小胡同里时常会出现一个一边思考一边散步的男人,他就是当时世界第一的大音乐家——贝多芬,至今仍被西方音乐界尊称为"乐圣"。

有一天,贝多芬走到一间格外肮脏破旧的茅屋前,突然停住了脚步——从如此破旧的茅屋里居然传出了动人心弦的钢琴声。这首曲子是贝多芬创作的曲子——《F调奏鸣曲》(Sonata in F),弹奏难度相当高。

"咦,究竟是谁在这样的茅屋里弹我的曲子呢?"贝多芬一边自言自语,一边不自觉地靠近窗户,竖起耳朵仔细地听着。但是,钢琴声戛然而止,传来了可爱女孩儿的声音。

"唉,果然还是不行,我还是弹不了这么难的曲子!我

---

① 原版图书出版时间为1926年。

要是能听一次贝多芬先生的演奏就好了！"

一个男声回应："听说贝多芬先生在科洛格纳音乐会的演奏非常成功，受到了很高的评价。要是我们没这么穷的话，就算入场费再高，我也会让你去听的。但我们现在过着如此拮据的生活，实在是没有办法啊！总之你先忍一下，总有一天你的好运会降临的。"

女孩儿说："哥哥，对不起，让你担心我了，是我任性了。"于是，女孩抽抽搭搭地哭了起来。贝多芬忍不住推开门，走了进去。

房子里仅有一个房间，点着一根小小的蜡烛。贝多芬借着昏暗的烛光，勉强看清两人的脸。被叫作"哥哥"的男孩儿看起来似乎营养不良，顶着一张苍白的脸在认真地做鞋子。这个男孩儿应该是鞋店的鞋匠。

在制鞋桌旁边放着一架坏了的钢琴。钢琴前的椅子上坐着一位十六七岁的少女，即便穿着脏兮兮的衣服，看上去也十分清纯，只是可怜的是，这个少女是个盲人。

男孩儿看到这个夺门而入的不速之客，急忙放下手里的活，问道："您是谁？您有什么事？"

贝多芬有些结巴地说："我是音乐家，我想弹首曲子给你妹妹听。"

男孩儿感到十分疑惑，不解地说："那就先谢谢您了。但是如您所见，我们是穷人，没办法给您酬劳。"

"不用，我并不是为了酬劳而来的。我刚刚听了你们的对话，为你们感到难过。我一心想着让你妹妹听一首曲子，所以没打招呼就闯进来了，实在是抱歉啊。"

"原来如此！实在是太感谢了。但是这架钢琴已经非常破旧了……"

"没关系，不管怎样的钢琴我都可以弹。不过，小姑娘的眼睛似乎有些不方便，为什么还要学这么难的曲子呢？"

女孩儿羞得脸都红了，不好意思地回答："不是特意学习的，是因为我家隔壁以前住着一位十分优雅的夫人，她每天都会弹这首曲子。我只是透过窗户，听惯了而已。"

贝多芬听到这番话，更加动容，默默地坐在钢琴前弹起了曲子。没想到如此破旧的钢琴竟然发出了无法用言语形容的优美琴声，仿佛是天使发出的声音。两人都屏住呼吸，如痴如醉地听着，担心自己的呼吸声会扰乱这优美琴声。

贝多芬仿佛神明附身，忘我地弹奏着。手指飞快地在琴键上交错，琴键此起彼伏。兄妹俩不自觉地流下了泪水。

一曲终了，贝多芬正想站起来时，窗外吹进来一阵微风，吹灭了微弱的烛火。今晚的月光真美啊！皎洁的月光透过窗户映在钢琴上。月光之下，万物皆美。看到此场景的贝多芬深受感动，一言不发地坐在钢琴前。此时，如梦初醒的哥哥站了起来，微微低着头对贝多芬说："请问阁下是什么人？"

贝多芬并没有回答，而是又静静地弹起了另外一首曲子。这是女孩儿刚刚弹奏的那首曲子——《F调奏鸣曲》。听到此曲的兄妹俩仿佛被雷电击中一般，突然大喊着站了起来。

"啊！原来您就是贝多芬先生！"

过了一会儿，贝多芬弹完了这首曲子的第一章，起身准备离开。欣喜若狂的兄妹俩围着贝多芬，央求着："请您再弹一首吧。"

善良的贝多芬不忍拒绝，所以又在钢琴前坐下了。

此时的月光愈发皎洁，少女的上半身被月光照得莹白，看起来像石膏像一样神圣庄严，钢琴的键盘在月光下闪耀着银色的光辉。贝多芬被如此珍贵的场景打动了，内心涌现出了一首优美的乐曲。

"那么，就作首以美丽的月光为题的曲子吧。"贝多芬说完之后沉思了一下，就开始弹起了钢琴。最初是轻柔舒缓的旋律，仿佛皎洁的月亮从广阔无垠的海平面上缓缓升起，悬挂在天空。白色的沙滩像水晶一样闪闪发光。在月光下的森林和田野美得像一幅画。突然，旋律变得明快，天空的一侧似乎出现了许多精灵，在月光下翩翩起舞，演奏着奇异的音乐。旋律越来越高亢激昂，仿佛是随时可以击碎任何东西的怒涛。这声音是如此雄浑，听得兄妹俩仿佛飞升到天空，惊得目瞪口呆，茫然若失。

片刻过后，兄妹俩回过神时，贝多芬已经不见了。弹完曲子，贝多芬就飞奔出茅屋，径直向家跑去。他要趁着自己还没忘记，赶紧把乐谱记在纸上。最终，贝多芬花了一整个晚上才把在茅屋里弹过的曲子写成乐谱。这首曲子就是闻名世界的《月光曲》。

《月光曲》是贝多芬的杰作之一，英文名为 *Moonlight Sonata*。Moon 是月，light 是光，二者组合起来的 Moonlight，也就是月光。奏鸣曲（Sonata）是以特别方式创作的乐曲总称。要想详细地说明这种特别的作曲方式，是非常困难的一件事。简而言之，距今约一百五六十年前，奏鸣曲是在以德国和奥地利为主的地区兴起的音乐。那时奥地利的海顿、德国的莫扎特和意大利的克莱门蒂等大音乐家都创作出了奏鸣曲。贝多芬在这些大音乐家之后，也创作了非常多的奏鸣曲，其中最有名的就是《月光曲》。后来，奏鸣曲也指以钢琴或者小提琴演奏的曲子，没有歌词。奏鸣曲篇幅较长，通常由四部分（有时三部分）组成。第一部分，即第一乐章，通常是快板（但《月光曲》却是轻柔舒缓的）；第二部分，即第二乐章，多数情况下是轻柔优美的；第三部分，即第三乐章，通常采用复三部曲式的小步舞曲；最后的部分，即第四乐章，也被称为终章（Finale），是快速的终曲。这四部分乐章构成了奏鸣曲的普遍形式。

贝多芬创作的奏鸣曲除了前面提及的《月光曲》以外，还有很多。有些奏鸣曲被冠以特殊的曲名，例如表达了悲怆之情的《悲怆奏鸣曲》（*Pathetic Sonata*）、小提琴和钢琴合奏的《克莱采奏鸣曲》（*Kreutzer Sonata*）。不过，也有很多曲名只是按照曲调来取名的，例如前面提及的《F调奏鸣曲》(Sonata in F)。

小奏鸣曲（Sonatina）与奏鸣曲的构成一样，但篇幅比较短，也比较简单。很多音乐家都会创作小奏鸣曲，因此种类繁多。但练过钢琴的人可能对它们都不陌生，因为初学者通常是在学琴的头两年里就开始学习小奏鸣曲了。

献给拿破仑的《英雄交响曲》

　　这也是贝多芬创作的名曲之一。

　　想必大家都知道拿破仑。距今约一百二十年前，法国出现了很多暴乱分子，他们不仅杀掉了以国王为首的贵族们，而且每天还会杀掉成百上千的无辜人民。全国人民每天都生活在恐惧之中。如果任其发展的话，国内的大部分人都会被杀，平时关系不好的敌国也会开始进攻法国。也就是说，法国正走在灭亡的道路上。

　　在法国濒危之际，法国南部的科西嘉小岛上出现了一位名叫拿破仑的英雄，他是一名年轻的炮兵士官，以一己之力拯救了陷入混乱的法国人民，还统一了全国，凝聚了国民力量。他进攻意大利、西班牙、比利时、荷兰、德国、奥地利等周围强国，使之投降，在各个战争中取得重大胜利。拿破仑拿下了欧洲的大部分区域，他的能力十分出众，创下了举世瞩目的辉煌伟业。

　　在此之前，德国和法国势不两立，关系十分紧张。因此德国人贝多芬认为拿破仑是自己祖国的敌人。然而，当看到所向披靡的大英雄拿破仑创下的辉煌伟业时，贝多芬百感交集、感慨万千。尤其是前文提及的，每天都有成百上千的法国人民被杀，全国上上下下都弥漫着恐慌、哀愁的气氛。善良的贝多芬正对此感到无比心痛时，拿破仑出现在了法国，并以迅雷不及掩耳之势拯救了法国人民，镇压了叛乱。因此，贝多芬感激涕零，极其崇拜拿破仑。

此时，满怀感激之情的贝多芬为了歌颂伟大的英雄拿破仑，下定决心作一首大合奏曲献给他。于是他不分昼夜、一心一意地创作，用了两年左右的时间，终于创作出了不亚于《月光曲》的大合奏曲——《英雄交响曲》。

交响曲是什么？简单概括，交响曲就是英语中的"Symphony"，大体上和前文提及的奏鸣曲一样。但奏鸣曲是由钢琴、小提琴等一两种乐器演奏的，而交响曲是由数十种乐器（各种小提琴、笛子、喇叭、鼓等）演奏的管弦乐合奏。交响曲通常是由四个部分组成的，这和前面提及的奏鸣曲是一样的。

《英雄交响曲》的第一乐章灿烂欢快，歌颂了大英雄拿破仑的丰功伟绩。第二乐章肃穆和美，歌颂了战争背后牺牲的无数战士们，为牺牲的战士们打造了"英雄棺柩"。古人曰"一将功成万骨枯"，是无数战士的牺牲造就了时代的英雄。第三乐章诙谐轻快，表达了被拿破仑拯救的法国人民的欢呼、喜悦。第四乐章热烈奔放，表达了贝多芬对拿破仑的赞叹、崇拜之情。就这样，由以上四个乐章组成的《英雄交响曲》终于完成了。

贝多芬把呕心沥血才完成的《英雄交响曲》写在精美的纸张上，还在封面上方写着"献给波拿巴（拿破仑的名字）"，下方写着"贝多芬呈上"。贝多芬想通过德国大使将这份礼物献给法国的国会。

但是，1804年5月，贝多芬正要向法国的国会献上这份礼物时，突然收到了拿破仑在法国加冕称帝的消息。究竟是什么原因让整个法国变得兵荒马乱、哀鸿遍野呢？就是因为法国的前国王专制且昏庸无能，最后使他众叛亲离，直至被送上了断头台。拿破仑救法国人民于水火之中，这是值得人们感激的。但拿破仑又在法国称帝，这和为了满足自己的野心、踩在无数的国民尸体上的前法国国王又有什么区别呢？

听到此消息的贝多芬怒火中烧，悲痛地说道："我一直相信我所崇拜的拿破仑是出淤泥而不染的、具有纯洁心灵的理想英雄。但他居然为了满足自己的私心，做出了这样的事情。原来自始至终，我都被欺骗了。"

贝多芬愤怒地将这花费了两年心血的曲谱重重地扔在地上，从此束之高阁。

此后贝多芬闭口不谈拿破仑的任何事情。但是，贝多芬的朋友们认为，如此优秀的合奏曲不公之于众而就此埋没，实在是太可惜了，于是纷纷劝贝多芬发表。终于，贝多芬决定出版此曲，这首曲子《英雄交响曲》（*Eroica Sym-*

phony），不再是赞美拿破仑，也不是赞美哪个英雄，而是为了赞美英雄的交响曲。1804 年，10 月此曲出版时，改名为"为纪念一个伟大人物而写的交响曲"。

1821 年 5 月 5 日，英雄拿破仑在大西洋中的一座名为圣赫勒拿的孤岛上去世了。听到此消息的贝多芬说："《英雄交响曲》表达的就是拿破仑的衰败没落，尤其第二乐章就是为葬送拿破仑而写的。"其实，贝多芬是因为过于憎恶拿破仑才这样说的，创作此曲时绝不是这样想的。

贝多芬一生创作了九大交响曲，若按创作的顺序"第一、第二、第三……第九"来命名，《英雄交响曲》正是他创作的第三部交响曲，因此又被称为《第三交响曲》。

《英雄交响曲》的故事就说到这儿。那顺便说说拿破仑关于音乐的故事吧。

1797 年，拿破仑为了进攻意大利，翻越了险峻的阿尔卑斯山，在阿尔卑斯山山脚附近的米兰扎营布阵。拿破仑日夜苦思如何进攻南下、全面击溃意大利时，收到了一封请求信。

这封信来自法国的一所音乐学校的校长，信上写道："听闻意大利自古就是音乐圣地，有很多优秀的乐曲。为了我校的发展，请收集意大利各地优美的曲谱，并送给我吧。"

大部分的将军要是收到此信，一定会回复："现在是来打仗的，又不是来游玩的。每天都处于生死关头，哪有闲情逸致听音乐？"

但拿破仑收到此信时并没有严厉斥责，而是这样回复音乐学校的校长——

"我已经知道了您的委托。在所有的艺术之中，唯有音乐可以缓和人际关系，引导世间风俗的发展方向。所以，我认为治理国家的政治家、律法家最应该保护并奖励优秀的音乐，因为比起理论治理国家，大音乐家创作的优秀音乐对国民的教育更有效果。"

战争狂人拿破仑竟然拥有一颗如此柔软的心。在战争进行得如火如荼的时候，拿破仑也不曾忘记音乐。

一提及拿破仑，大多数人都会想到他很擅长打仗，但事实上绝不仅仅如此。拿破仑常常对士兵们说，这样的音乐是不行的，这种音乐应该进行大型演奏。拿破仑常常自己挑选乐谱，让乐队在敌人进攻的时候演奏，以振奋军心。

前面提到拿破仑翻越险阻的阿尔卑斯山进攻意大利。众所周知，阿尔卑斯山的地势在世界上是出了名的凶险。从古至今，越过阿尔卑斯山攻打意大利的只有两人，一个是距今2000余年的非洲北海岸上的迦太基大将汉拔尼；另一个就是拿破仑。

想要翻越阿尔卑斯山，就必须翻过被云雾笼罩的悬崖峭壁。拿破仑麾下都是英勇善战的勇士，但是他们在面临危险重重的悬崖峭壁时，也会变得胆怯。看到此场景的拿破仑毅然决然地让乐手演奏斗志昂扬的音乐。士兵们听到了气势豪迈的音乐后，瞬间恢复了斗志，翻越了艰难险阻的山，成功打败意大利。

乐圣贝多芬的最终胜利

前文讲述了贝多芬生平的很多故事。那么，接下来我们谈一谈贝多芬是如何成为伟大的音乐家的吧！

其实贝多芬（Beethoven）是姓，路德维希才是名。1770年12月16日，贝多芬出生于德国波恩。他的父亲是一位为德国皇宫服务的音乐家，虽然受到人们的敬仰，但年收入只有三十美金，贝多芬一家过着十分艰辛的生活。路德维希·贝多芬是家里的第二个儿子。

贝多芬的母亲是一个非常慈祥的人，非常疼爱孩子；但父亲恰恰相反，是一个非常严厉的人。从贝多芬幼年时期起，父亲对他的要求就十分严格。经常被训斥的贝多芬每天都过得很辛苦。因为生活贫苦，他也不能快乐地玩耍，只好埋头于学习音乐。父亲看到了贝多芬成为大音乐家的希望，对他的要求更严格了。

贝多芬四岁时，在家里正式开始练习钢琴，每天从早到晚由父亲亲自教授。那时贝多芬的父亲对贝多芬练习的严苛程度非比寻常。贝多芬从小就一心一意地学习，九岁就已经学完了父亲的毕生所学。父亲为了贝多芬可以继续深造,请了更加优秀的老师来教导他。贝多芬越来越努力,十二岁时已经小有名气,并成为王宫音乐师奈弗(Neefe)的助理。实际上这并非是一件不可思议的事情,这完全是贝多芬与生俱来的音乐天赋,加上后天勤奋地练习的结果。如果一个人只是依靠天赋,而不努力学习的话,绝不可能成为厉害的人。对于有一点音乐天赋的人,每个人都恭维他说"你是一个音乐天才"之类的话,久而久之,本人也会恃才而骄甚至过上了不合常理的生活,虚度光阴。这样的人根本称不上伟人,只有像贝多芬一样勤学苦练的人才会成为伟人。

贝多芬日复一日地学习着音乐。十七岁时,他告别了奈弗老师,孤身一人来到了与德国东南部相邻的奥地利首都维也纳。这也是贝多芬的第一次旅行。为什么要千里迢迢来到维也纳呢?是因为当时享誉世界的音乐天才莫扎特(Mozart)就在维也纳。贝多芬想见一见他,希望能够得到他的指教。莫扎特比贝多芬年长十四岁,当时已经闻名全欧洲了。

莫扎特听说过贝多芬的传闻,"贝多芬有着与年龄不符的音乐才能,灵光一闪时就能当场作曲,并能演奏得很好",所以初见贝多芬时就说:"请你根据现在想到的东西,弹首即兴曲给我听听。"于是,贝多芬马上坐在钢琴前,弹奏了一首动听的曲子。

莫扎特觉得这个即兴曲非常优美,不可置信地对贝多芬说："这个曲子不是即兴曲吧？肯定是之前写好的曲子。"

贝多芬回答："那麻烦您出一个题目让我作首即兴曲吧。"

莫扎特打算出一个比较难的题目，于是拿出了之前自己作的乐谱的一段落和其他乐谱的一段落，将两份乐谱给了贝多芬。

贝多芬马上将两段不一样的曲子巧妙地组合起来，作成一曲。莫扎特赞叹不已，激动地说："将来名震世界的人，一定是贝多芬。"

贝多芬曾想跟随莫扎特学习一段时间，但不幸的是，他收到了母亲病危的消息，于是立即马不停蹄地赶回了家乡。母亲因久患肺病，已到弥留之际，贝多芬匆忙回到家时，刚好赶上见母亲的最后一面。

贝多芬在二十二岁时，再一次来到了奥地利的维也纳，从此一生都定居在此地。当时著名的莫扎特已经去世了，不过与莫扎特齐名的海顿也住在维也纳。贝多芬最终与海顿结识，并受其教导。海顿是奥地利本地人，是前面提及的交响曲的发明者，被称为"交响曲之父"。奥地利十分重视第二次从德国来的贝多芬。贝多芬的保护人华尔斯坦侯爵在介绍他前往维也纳的信中写道："此人是为了在海顿手中继承莫扎特的精神，才来维也纳的。"海顿和莫扎特都是当时世界顶级的大音乐家，但海顿是年长的经验丰富的音乐家，其音乐风格非常典雅、庄严；而与之相反，莫扎特是少年天才，其音乐风格是奔放自由、富有活力的。贝多芬结合两者的优点，在此基础上形成了自己的独特风格。

贝多芬跟随海顿学习的时间仅有两年。在贝多芬二十四岁时，海顿去了英国，之后贝多芬开始独立作曲和演奏，并逐渐在社会上立足。莫扎特十岁时便成为世界上一流的音乐家，与之相比，贝多芬算是大器晚成了。

此时的贝多芬在维也纳已经是无人不知无人不晓了，贵族富豪们争先恐后地邀请他到自己家中演奏。贝多芬相貌平平、性格古怪、不善交际，也不是有钱人，一般情况下是不受上流社会人士欢迎的。但是，贝多芬的音乐壮美如山又热情似火，上流人士都想听一听这伟大的音乐，所以都想请贝多芬到家里演奏。贝多芬也很乐意通过演奏和献上自己的音乐来回报他们的厚爱。

贝多芬因为受到贵族富豪们的厚爱，所以十分地傲慢，几乎把贵族富豪们的家当成了自己的家，出入相当随便，想去的时候就去，不想去的时候甚至可以半个月或一个月都不去。即使这样，他仍然受到很多人的尊敬。

前面也提到贝多芬生性挑剔、傲慢，他没有家庭，一生独自生活在出租屋里。可是贝多芬屡次与房东吵架，所以搬过几次家。有一次，有一间屋子很好，贝多芬也非常满意，但他不喜欢房东彬彬有礼的鞠躬方式，因而选择了搬走。又有一次，他去拜访有名的诗人，却因为诗人的夫人站在旁边听他弹钢琴而勃然大怒，马上就回家了。

虽说贝多芬性情古怪，但当他心情好的时候，他也会讲笑话逗得人们哈哈大笑。他经常给贵族，或者其他厉害的人起绰号。例如他把他的保护人华尔斯坦侯爵称为"洛勃科维支的走狗"。但是，如果有人对他开玩笑，他就会非常生气。作为贝多芬保护人的努塔诺夫斯基侯爵在探访贝多芬期间，开玩笑地说："我弹首我作的曲子给你听听。"说完便坐在钢琴前，弹起了贝多芬有名的曲子《瓦特斯坦因奏鸣曲》（*Waldstein Sonata*）。贝多芬突然勃然大怒，马上把钢琴的盖子盖上，不让他继续弹了。

贝多芬在音乐方面是非常勤奋的，每天都要弹五六个小时钢琴，以致手指时常发烫。他将手指放到水里冷却之后，又继续练习弹琴。当弹到曲子的高潮部分，音乐变得急促时，他会猛烈地摇晃身体并将手指插入水中，以至于弄翻水盆，导致整个房间都是水。如果房东太太在这个时候抱怨，贝多芬就会在当天搬走。

他每天都会出门散步，一边散步一边找创作灵感。下雨了也不打伞，甚至干脆就在雨中漫步，寻找灵感。于是，邻里的小孩给贝多芬起了绰号——落汤鸡贝多芬。

他时常随身带着一个脏兮兮的本子，只要有灵感，不管是在走路、吃饭，还是在朋友家，总之，无论何时何地都要拿出本子记录。有时，贝多芬走在车水马龙的街上，也会突然拿出本子开始记录。

有时贝多芬也会保持沉默，陷入沉思。有次他去餐厅吃饭，点了菜，正准备吃的时候，端着盘子陷入了沉思，连盘子都不放下来，导致服务员也不知道该怎么处理了。又或者是与好朋友交谈甚欢时，他突然想到作曲的事，就会忘记正在和朋友聊天，好像听不见朋友说的话似的，盯着天花板发呆，朋友只好默默地回家了。

正是因为贝多芬如此痴迷音乐，所以他才能创作出许多优秀的音乐并名垂青史。然而过了三十岁，贝多芬的听力日渐下降，直至失聪。从事音乐的人，却失去了听力，这是一件多么痛苦的事情啊！当时贝多芬非常气馁，但素来勤勉又热衷于音乐的他又怎么会自暴自弃呢？贝多芬继续作曲。由于几乎丧失了听力，他再也无法像以前那样弹钢琴、指挥合奏了。即便如此，在之后的十年里，贝多芬仍然出席音乐会，指挥自己作曲的合奏。究其根源，是因为观众们在舞台上看不到大名鼎鼎的贝多芬，是不会满意的，所以当时的贝多芬只能热情地挥舞着指挥棒。

在四十四岁之后，贝多芬就不再站在舞台上了，而是独自沉迷于作曲。他就是如此优秀的人，哪怕耳朵听不见，也会在心中作曲，再写成乐谱进行发表。人们将其乐谱演奏出来，仍然妙不可言。

五十四岁时，大名鼎鼎的贝多芬完成了他人生中最后的交响乐，被称为《第九交响曲》。这是一首需要演奏一个半小时左右的大曲，其中除了非常多的乐器合奏之外，还包含了男女多人合唱。此曲气势恢宏、变化无穷，充分体现了贝多芬的人格特点。有人评价说："此曲是自音乐起源以来，最高尚的音乐了。"

在此曲首次面世的音乐会上，贝多芬久违地站在舞台上，仿佛恢复了听力似的指挥着合奏。但实际上他还是听不见。等演奏完曲子，观众掌声如雷，听不见掌声和欢呼声的贝多芬却背对着观众，毫不知情。站在贝多芬身旁的女歌手温格尔拉起贝多芬的手，将他转向观众。贝多芬这才感受到观众们的喝彩，他非常高兴。然而这何尝不是一件十分悲惨的事情呢？

在此之后的贝多芬深受胃病的折磨，身体每况愈下。在五十六岁的这年冬天，他染上了风寒，得了肺炎。第二年的3月26日傍晚，这个世界音乐巨人逝世了。贝多芬临终前，只有两三个亲朋好友在身边。只见狂风暴雨、电闪雷鸣，在一声惊雷中，贝多芬突然紧握拳头举起手，当手落下时，他已经离开人世了。

世界第一的音乐家贝多芬逝世的消息，让世界各国的人们感到震惊，也非常地心痛。举行葬礼的那天，来送别贝多芬的人有两万多名，他们默默地跟随在贝多芬的灵柩后面。数万人挤在教堂的入口，现场一度非常混乱，士兵们不得不出来维持秩序，隔开道路以便让灵柩通过。

贝多芬的墓碑非常质朴，上面只写着"贝多芬"几个字。但是，贝多芬的名字已响彻天下，他被后世尊称为乐圣。

瓦格纳与《皇帝进行曲》

在普法战争中，最初是法国占据先机。但一年之后德国取得大胜利，法国著名的皇帝拿破仑三世退位，法国从帝国摇身一变，成为共和国。普法战争后，德国崛起，焕发出勃勃生机，一个伟大的帝国就此诞生。那时的普鲁士国王威廉一世在法国富丽堂皇的凡尔赛宫举办加冕称帝仪式，成为德国的皇帝（Kaiser）。

普法战争中，德国多亏有名将毛奇和掌握政治大权的名臣——宰相俾斯麦，这才取得了本次战争的大胜利。后来，这两个人的名字响彻整个欧洲。

在当时，德国还拥有举世闻名的大音乐家理查德·瓦格纳（Richard Wagner）。他为世界留下了许多气势磅礴的英雄歌剧，被誉为世界上最伟大的歌剧作曲家之一。我们稍后再谈歌剧，现在还是先谈谈瓦格纳在普法战争期间的那部著名作品吧。

普法战争始于1870年，结束于1871年。取得大胜利的德国人民无比高兴。瓦格纳看到祖国取得如此伟大的胜利，创作了有名的《皇帝进行曲》，并将其献给了德国的皇帝。俾斯麦和毛奇将军凯旋时，为了欢迎这两位功臣、招待数万将士，瓦格纳演奏了此曲。

《皇帝进行曲》不仅需要三百余人合奏管弦乐器，还需要数千个男女合唱队员进行合唱。这是德国音乐史上第一次出现规模如此大的合唱。像这种多人的大型管弦合奏，在此之前有一个名叫亨德尔的德国人在英国伦敦的水晶宫表演过，其合奏人数超过四百人。《皇帝进行曲》在人数上仅次于亨德尔的大型管弦合奏。

（乐器名称）		（人数）
弦乐器	小提琴 第一	九十二人
	小提琴 第二	八十五人
	中提琴	五十七人
	大提琴	五十八人
	低音提琴	四十八人
笛的种类（木管乐器）	短笛	六人
	长笛	八人
	双簧管	八人
	单簧管	八人
	巴松管（Fagotto）	八人
	双巴松管（Contrafagotto）	二人

喇叭的种类（金属管乐器）	圆号	十二人
	短号	六人
	小号	六人
	长号	九人
打击乐器	定音鼓	一人
	锣钹、其他	四人

这次合奏的人数非常多，而最常见的合奏通常只有100到200名乐手——尽管近年来有些乐器与过去的乐器相比有了一些变化。

那么，接下来简单介绍一下西方合唱和合奏的方法——这对于了解西方音乐是非常重要的。合唱（Chorus）指的是很多人同时唱歌；与之相反，一个人唱歌就是独唱（Solo）。此外，合奏就是很多人同时演奏多种乐器；与之相反，一个人演奏乐器就是独奏。

西方音乐中，音色分男声女声，其中也细分为高音、中音、低音。也就是音色分为六种。女声分为女高音（Soprano）、女中音（Mezzo-Soprano）、女低音（Alto）。男声分为男高音（Tenor）、男中音（Baritone）、男低音（Bass）。

他们的声音不仅高低不同，而且音色（即声音的韵味）也各不相同、各有特色。换句话说，女高音的声音是华丽优美的，女中音的声音则是纯净庄严的。男高音的声音是雄浑嘹亮的，有时是清脆柔和的；与之相反的是男低音，其声音深沉厚重，有时像恶魔的低语。女中音是介于女高音和女低音之间的声音，男中音是介于男低音和男高音之间的声音。

在以上提及的六种声音当中，通常用于合唱的是女高音、女低音、男高音和男低音。所以这也被称为四重唱或四部合唱（Quartet）。

在日本音乐中，没有男声和女声之分，弹奏三味线或者筝的男女演奏者会一起演唱同一首歌。不过，为了今后音乐的发展，日本音乐也有必要将男女声、高低音进行区分，每个人再根据自己的嗓音来分别练习歌唱技巧。

接下来说明一下西方乐器的合奏。西方采用多种乐器合奏的方法，分为室内乐和管弦乐。室内乐的人数少，乐器的数量有限，也没有特定的指挥者，演奏者得彼此协调进行合奏。日本的三曲合奏（即筝、三味线、箫的合奏）和西方室内乐也是同种类型的。

西方室内乐中，最为普遍的就是钢琴、小提琴、大提琴合奏的"钢琴三重奏"。"弦乐四重奏"是各由两把小提琴、中提琴和大提琴演奏的。中提琴比小提琴大一些，但演奏方法和小提琴一样。大提琴比小提琴大得多，演奏者坐在椅子上用双腿夹住大提琴，把大提琴立着进行演奏（图二）。两把小提琴中的一把主要用于演奏女高音部分，另外一把主要用于演奏女低音部分。因此，前一把被称为第一小提琴，而后一把被称为第二小提琴。弦乐四重奏和之前提及的四合唱的音的组成方法是相似的。即第一小提琴的音对应女高音，第二小提琴的音对应女低音，中提琴的音对应男高音，大提琴的音对应男低音。

管弦乐（Orchestral）是由一个指挥者（Conductor）指挥数十人或数百人共同演奏，其乐器也有数十种。指挥者右手拿着一根一尺长的指挥棒不断挥舞着，指挥全体的演奏者。指挥棒的舞动不仅可以强调节拍，还可以带动整场合奏的气氛。

西方音乐中普遍使用的管弦乐乐器，大致分为以下四组：

（一）弦乐器，用弓摩擦弦后发出声音的乐器。弦乐器分为四种，即前面提及的小提琴、中提琴和大提琴，还有比大提琴还大的低音提琴（Contrabass），如图三所示。低音提琴是最大型的弦乐器，比人还高，所以演奏者必须站着演奏立着的低音提琴。该乐器可以演奏出比男低音还低的音调。大型的管弦乐中的第一小提琴、第二小提琴、中提琴和大提琴是由数十人演奏的，低音提琴则需要四到八人共同演奏。此外，除了弦乐器（总称为弓乐器）通常还会加上一到两架竖琴（Harp）。竖琴是在弓形的外框中，拉了数十根琴弦的乐器，需要双手的手指进行演奏（图四）。其音色与钢琴相似，但比钢琴更加柔和。

（二）木管乐器，属于笛类乐器。因为是用木制的管，吹响可以发声，所以也被称为木制吹奏乐器。其中包含了几种不同的乐器，大致分为三种。第一种是横笛（Flute），是最常用的笛（图五），长约三尺，发出的声音约等于女高音；另外一种被称为短笛（Piccolo），长约一尺，发出的声音非常尖锐。第二种是双簧管（图六），此乐器与日本的筚篥、中国的唢呐相似，是竖着吹奏的。其中最小的双簧管（Oboe）发出的声音相当于女高音；较大的被称为英国管（English horn），如图七所示，发出的声音相当于女低音；最大的双簧管长约八尺，在管的中间折叠并在一起的是巴松管（图八），英文为Bassoon，德文为Fagott，发出的声音相当于男低音（日本的音乐学者们大多用德文称呼）。第三种是单簧管（Clarinet），也是竖着吹的笛子（图九）。单簧管有大型和小型之分，有很多种类，所以音域较广，能发出女高音和女低音；特大的被称为低音单簧管（Bass clartinet），发出的声音相当于男低音，常用于大型的管弦乐。

（三）金属管乐器，一般由黄铜制成，所以又称为铜管乐器（Brass）。它们都是由绕成弧形的长圆黄铜管制成，其中一端窄且小，可用嘴吹；另一端敞开，称为开口端。用于普通管乐器和弦乐器的喇叭有四种类型。首先，如图十所示的圆号，管子绕成圆形，也称为法国号（French horn），简称号角（Horn），它发出的声音音色优美、情感丰富。如图十一所示，短号（Cornet）的吹嘴与开口端在

— 24 —

一条直线上，能发出非常明亮、阳光和激昂的声音。士兵吹奏的喇叭（Trumpet）也属于短号的一种。如图十二所示的长号（Trombone），吹嘴和开口在相反方向，弯管也非常长，它发出的声音充满男子气概、庄严肃穆。如图十三所示的大号（Tuba），吹嘴和开口呈直角，发出的声音是低沉的。这些乐器一般利用手指按压活塞（Valve）来控制音高。但长号通常不使用活塞，而是通过伸长或缩短管子的长度来产生各种音高。这种长号称为滑管长号（Slide trombone），如图十二乙所示。

（四）打击乐器，通过敲击鼓或其他物体发声的乐器。常用于管弦乐的定音鼓（Tympani），如图十四所示，鼓身呈半球形，表面覆盖皮革，由两个并排的鼓组成。此外，打击乐器还有小鼓、三角铁（Triangle）（图十五）、锣钹（Cymbal）（图十六）、排钟（Tubular Bell）等等。排钟由悬挂着的许多直径约23寸的粗长金属圆管组成，敲击时会发出响声。

管弦乐就是由以上四种组合演奏的。这就有点像在陆军中步兵、骑兵、炮兵和工兵组合在一起打仗。有趣的是，弦乐器的声音流畅，能顺应曲调的变化，表现力丰富，每个音色的黏性都很强，可以配合得天衣无缝，这与步兵的作战方式相似。木管乐器（即笛子）音色尖锐，声音迅速敏捷，但是缺乏黏性，这与骑兵相似。金属管乐器（即喇叭类）声音迟钝，但在合奏中发挥着不可替代的威力，这与炮兵相似。打击乐器与工兵相似，多数都没有独立演奏的能力，只能辅助配合其他乐器。因此，一般来说，决定战争胜负的核心势力是步兵，而管弦乐合奏的核心就是弦乐器。

　　管弦乐的演奏者在舞台上以一定的方式排列，而不是随意排列。首先，指挥者站在舞台前方中央，其左右是弦乐器。即第一小提琴在左，第二小提琴在右，中提琴在第二小提琴的后方，大提琴在第一小提琴的后方，低音提琴和打击乐器在最后面。为什么要这样子摆放呢？是因为低音提琴和大鼓等都是站立演奏的（而其他的都是坐在椅子上演奏），所以把它们放在最后，以免影响其他乐器。木制管乐器和金属制管乐器放在弦乐器和低音提琴中间。举个例子，图十七是美国波士顿的大交响乐管弦乐团的乐器摆放方式。

永不放弃梦想的音乐家瓦格纳

前面提及的瓦格纳，虽然年少时穷困潦倒，但经过一生的奋斗，终于成为西方歌剧史上第一的大音乐家，闻名天下。

1813年5月22日，理查德·瓦格纳出生于德国莱比锡。那时，著名的法国英雄拿破仑正在攻打德国。因为战争而满目疮痍的莱比锡突然恶疾肆虐，瓦格纳的父亲在他出生半年后，就患上流行病离世了。瓦格纳的母亲带着七个孩子，无依无靠。在第二年，她只好带着七个孩子嫁给了一个名为盖伊的喜剧演员。

继父盖伊的舞台表演，让年幼的瓦格纳对艺术产生了兴趣。不久之后，瓦格纳便举家迁往德累斯顿。当时德国歌剧界最有名的作曲家韦伯（Weber）在德累斯顿的歌剧院里工作，他创作的著名歌剧《魔弹射手》（*Freischutz*）也在这个剧院里上演。歌剧就是演员一边唱歌一边表演动作，伴奏采用的是大型的管弦乐演奏的音乐。年幼的瓦格纳观看了韦伯的歌剧之后大为震撼，便一心想用钢琴弹奏

《魔弹射手》的音乐，他最终得以熟练地弹奏这个歌剧里的曲子。这种热忱真让人惊叹不已啊！

瓦格纳虽然从小跟随老师学习音乐，但只喜欢弹自己喜欢的曲子。这并非是真正的学习。所以他给老师的印象很差，老师斥责他说："你这种学习态度是绝对不可能成为音乐家的，你还是放弃吧。"

继父盖伊也说："这孩子既然不可能成为音乐家，那就去学画画吧。"于是，瓦格纳开始练习画画。但是他非常讨厌拿起画笔之类的事情。

瓦格纳说："如果他们从一开始就让我画一幅伟大的国王肖像，我会很高兴。但我不想学着去画一个无聊的眼球。"于是，他放弃了画画。实际上，他并不是讨厌画画，而是因为年纪小，无法对画画做出正确的判断；实际上他只是不喜欢枯燥的练习。为什么这么说呢？因为后来他创作了很多优秀的歌剧，舞台上的装饰画也是由他亲自指导的。他指导的装饰画已成为无与伦比的真正的艺术珍品，所以他一定非常熟悉绘画。总而言之，瓦格纳从小在各方面都表现出过人的能力与天赋。

音乐方面自然就不用说了，瓦格纳不仅拥有与生俱来的天赋，而且一直在不断进步。有一天，被誉为德国歌剧之王的韦伯来到瓦格纳的家里。瓦格纳的姐姐看到他便哈哈大笑，因为他很矮，腿弯弯的，穿着不合身的西装，脸上有一个朝天鼻，上面架着一副大大的眼镜，走路像喝醉了一样跟跟跄跄。他姐姐不屑地说："这人真奇怪啊！我最讨厌这种音乐家了。"瓦格纳听到之后，对姐姐说道："这是世界第一的音乐家，姐姐你什么都不知道。"

这时的瓦格纳只有六七岁，但是他对艺术已经了解颇深了。

瓦格纳非常喜欢韦伯的音乐，尤其是那部名歌剧《魔弹射手》，他几乎每天都会溜到剧院去听这部歌剧。他的继父和母亲不知道该如何阻止他。每次当他们一走进剧院，瓦格纳就会立即沉浸在音乐当中。当演奏进入精彩的高潮部分时，音乐开始冲击他幼小的心灵，他就马上放声大哭起来。为此他的母亲十分苦恼，训斥了他几次："你再哭得这么大声，下次绝对不带你来了。"

有一次瓦格纳趴在母亲的腿上，乞求地说："妈妈，给我一块钱。"

"你要钱做什么呢？"母亲询问道。

"我要买写乐谱的纸，下次听到韦伯的音乐时，就可以把它记录下来，写成乐谱了。"瓦格纳回答。韦伯的音乐已经深深地影响了他幼小的心灵。

但是又发生了一件打击瓦格纳的事情。在他快八岁的时候，继父盖伊因病去世了。瓦格纳的母亲又带着很多的孩子陷入了生活困境。住在埃斯莱本小镇上的叔叔把瓦格纳带到身边照顾，让他到当地小学上学。第二年，瓦格纳转学到德累斯顿的宗教学校。那时，他的一个朋友去世了，才十一岁的他便作了一首悼念的歌交给老师，获得了优秀的成绩，引起了学校的轰动。瓦格纳在文学方面也非常具有天赋，十三岁的时候，就会用古希腊语写文章，还翻译了著名的《奥德赛》。老师赞叹说："这孩子未来肯定能够成为了不起的文学家。"

无论是在音乐、绘画还是文学方面，瓦格纳从小就表现出惊人的天赋。也是在此基础上，他后来才能在世界歌剧上取得非凡的成就。

十四岁时，瓦格纳一家人又回到了故乡莱比锡，瓦格纳转学到尼古拉中学。入学的时候他降级了，所以他感到非常愤怒，讨厌这个学校的一切，一点也不用功学习，每天只知沉迷于音乐。当时德累斯顿正流行著名的莫扎特和贝多芬的音乐，之前就深受韦伯影响的瓦格纳更加沉迷于莫扎特和贝多芬的音乐了。于是，他下定决心："我这一生一定要成为音乐家！"十六岁时，他跟随瓦因利希老师学习乐理。老师教给他难度很高的、古老又复杂的乐理知识，但是他仅仅用了六个月就掌握了。

不久之后，瓦格纳进入了当地的大学研究美学。但是他一刻也不曾忘记音乐，十八岁的时候第一次模仿贝多芬的风格创作了一首大曲。之后的两三年间，虽然他只创作了两首大型的交响曲，但都受到了好评。

不过瓦格纳一直想把精力投入到歌剧创作中，因此他第一次写了一部名为《婚礼》的歌剧。他的姐姐罗莎莉是当地著名的歌剧演员，她看了瓦格纳写的歌剧后说："这么无聊的剧本，没必要花工夫表演出来。"瓦格纳听到自己的歌剧被如此贬低，于是痛下决心将其扔掉了。

二十岁那年，住在维尔茨堡的哥哥阿尔贝特接走了瓦格纳。阿尔贝特是歌剧演员，很擅长唱歌和指挥管弦乐。瓦格纳住在了阿尔贝特家里，他下定决心："这次一定要成功创作出优秀的歌剧！"

在瓦格纳的不懈努力下，一部名为《仙女》的歌剧完成了。他非常高兴，马上将新歌剧带到莱比锡。罗莎莉把他介绍给自己演出的剧院，想让剧院演出这部歌剧。但舞台总监豪瑟尔看了剧本后说："这么无聊的剧本，没必要花工夫表演出来。"说完就不理瓦格纳了。

瓦格纳看到自己废寝忘食写出来的剧本就这样子被轻视，感到非常失望。但本来就比常人乐观的瓦格纳并没有放弃，他说："下次我一定要写出让人惊艳的好歌剧！"于是，他又重新投入到歌剧创作中。次年，二十一岁的瓦格纳终于完成了第三部歌剧《爱情禁恋》。同年秋天，瓦格纳在北方马格德堡的贝特曼剧院首次担任音乐总监。二十三岁时，他在剧场里演出自己的作品《爱情禁恋》，但是观众的评价非常差，觉得这个歌剧很不入流，因此剧院的利益也受到了极大的损失。瓦格纳好不容易找到的工作丢了，变成了失业人士。他开始往返于莱比锡和首都柏林等地，想将自己创作的歌剧再演出一遍。但无论去哪里，都没人搭理他。瓦格纳负债越来越多,生活也越来越贫苦了。

有一位年轻的女演员十分同情穷困潦倒的瓦格纳。她叫作明娜。后来,她和他结婚了。此时的瓦格纳才二十三岁,靠借钱度日,未来一片迷茫,现在又娶了妻子,生活变得更加困难了。明娜是一名非常美丽的女演员,在马格德堡时,曾和瓦格纳在同一个剧院工作。她淳朴善良,温柔体贴,细心地照料着瓦格纳。在拮据的婚后生活中,明娜为了瓦格纳尽心尽力,但是她对音乐和艺术不感兴趣,和瓦格纳合不来,因此瓦格纳的家庭氛围十分无趣。在和瓦格纳共度了30年的贫困生活之后,明娜因病去世了。

瓦格纳二十四岁的时候,漂泊到德国东部一个叫柯尼斯堡的小镇,终于在那里找到了工作,在一家剧院里当音乐总监。他用极低的薪酬维持着自己和妻子的生活,过得十分贫苦。原本他打算在这样贫穷的生活中继续创作自己的歌剧,但是不到半年,不幸的事情发生了,剧院倒闭了。于是,瓦格纳继续向东流浪,最后离开了德国,来到了俄罗斯的利葛。

瓦格纳在利葛新开张的剧院里担任音乐总监。那时的俄罗斯音乐发展得没有德国好,因为他是来自德国的音乐家,剧院十分优待他。瓦格纳得到了工作以来最高的薪酬。瓦格纳觉得自己成了有钱人,就住在非常宽敞气派的豪宅里,穿着华丽的衣服,每天和妻子坐着奢华的马车往返于剧院。那模样完全就是贵族了。他每天过着奢靡的生活,有了点存款就马上花掉，也不用于还债。于是，瓦格纳的负债越来越多了。

这样的生活大概维持了两年。后来瓦格纳被剧院解雇，生活又陷入了困境。瓦格纳实在没有办法了，决定连夜逃出俄国，回到德国。于是他请了一个俄罗斯伐木工帮忙，想让妻子伪装成伐木工的妻子，一起偷偷地翻过德俄边境的高山。但是，强大的哥萨克军队守卫着边界的大山，很快就发现了他们，并把他们赶回了俄国境内。

越山逃跑计划失败之后，他让朋友准备了一艘小船。他伪装成船工，穿过波罗的海，然后一路穿越德国，逃到了法国的首都巴黎。当然，在俄国欠下的债款就不了了之了。

瓦格纳在巴黎没有钱买食物，所以决定漂洋过海去英国。这次他依然是坐着一艘小船穿过了北海。然而在途中他遇到了一场暴风雨。瓦格纳乘坐的船在风浪中像风中的树叶一样翻滚，好几次都像要沉入海底，其恐怖程度无以言表。但瓦格纳是个天才，即使看到这可怕的一幕，也没有忘记脑海中的歌剧。他把它看成是上帝向他展示的华丽歌剧，并观看了这场伟大的天国之戏。不久之后，风停了，小船也安全抵达英国。这次航行的暴雨奇观在瓦格纳的脑海中留下了难以磨灭的印记，后来成了歌剧《漂泊的荷兰人》的素材。这部歌剧也让瓦格纳在国际音乐界开始崭露头角。

瓦格纳在英国的首都伦敦短暂地待了一阵子。他身无分文，在伦敦也找不到理想工作，没法填饱自己的肚子，于是又回到了法国巴黎。那个时期的瓦格纳过得十分艰难困苦，没有工作、没有收入，债务又不断增加。于是，无奈之下，他试图为杂志撰稿，出版乐谱，但仍然无法以此为生。后来，瓦格纳连一日三餐也无法满足了，过着节衣缩食的艰苦生活。

即使是一直在努力奋斗的瓦格纳，在陷入连饭都吃不起的困境中时，他也会这样想："啊，我已经无法成为音乐家了。没办法了，干脆做个盗贼吧。"当连饭都吃不起时，不管是什么人，都会做些不得已的事情，例如明知偷东西不好也要去偷。作为天才的瓦格纳，也来到了人生的危险的岔路口，他在思考，究竟是要作为罪人结束一生，还是要作为世界伟人载入史册呢？

就在瓦格纳跌入谷底时，突然有一双幸运之神的手伸出来拯救了他。这是多么幸福的事情啊！有一天，瓦格纳还是像往常一样为了一日三餐而奔波时，却突然得到了去听著名的贝多芬演奏《第九交响曲》的机会。瓦格纳听到这首被誉为当时世界上最伟大的乐曲后，身体不由自主地颤抖起来，潸然泪下。他一回到家就发烧病倒了，躺在了地板上。由于高烧不退，他一度昏迷不醒，嘴里却不停地念叨着那首乐曲。退烧之后，他大声叫喊着："啊！这是我第一次成为音乐家！"

事实上，瓦格纳并没有走上歧途成为盗贼，而是成了一位名扬四海的伟大音乐家。

从那时起，瓦格纳就开始了他的辉煌历程。瓦格纳以前就下定决心："如果我要创作歌剧，我不要创作很多无聊的小歌剧，一定要创作一部具有代表性的伟大歌剧。"他听到贝多芬的《第九交响曲》之后恍然大悟，开始以古罗马的革命家黎恩济将军的故事为主题创作歌剧《黎恩济》。他直到二十七岁才完成这部大歌剧。随后，他把歌剧带回故乡德累斯顿演出。第二年，这部歌剧终于上演了。1842年瓦格纳兴高采烈地离开了生活多年、留下无数痛苦回忆的巴黎，回到了自己的祖国。他望着德法交界的莱茵河时，眼泪不知不觉地打湿了脸颊。

1842年冬天，也就是瓦格纳二十九岁时，他的歌剧《黎恩济》在家乡德累斯顿首次公演，获得了惊人的成功，瓦格纳也因此被公认为是最伟大的德国音乐家之一，名扬世界。接着，瓦格纳被任命为王宫剧院的音乐部长，薪酬待遇好，生活也变得轻松起来了。现在回想起在巴黎穷困潦倒的生活，真是如梦一场。

瓦格纳完成了歌剧《黎恩济》之后，又马上投入了《漂泊的荷兰人》的创作。1843年1月2日，当时瓦格纳正好三十岁，《漂泊的荷兰人》在德累斯顿歌剧院公演，瓦格纳再次名声大振。如果瓦格纳仅仅满足于这两次成功，那么他只会成为一时的风云人物，转眼间就会被世人遗忘，永远不会成为名垂青史的伟人。

在成功的鼓舞下，瓦格纳努力追求更高的理想，他不断奋斗，于次年春天创作了另一部更为著名的歌剧《汤豪瑟》，并在同年的秋天进行公演。这次也博得了社会的一片喝彩。但随着瓦格纳的理想越走越高，当时的民众似乎无法完全理解他的音乐。《汤豪瑟》的音乐组合方式尤其复杂，对于听惯了简单曲调的人们来说，《汤豪瑟》的音乐是非常嘈杂的杂音。这其中有个有趣的故事。

曾经有一户人家的女儿正在弹钢琴，站在旁边听的母亲忍不住问道："你弹的什么东西？这么难听，弹错了吧？"

"没错啊，这是《汤豪瑟》的曲子哦。"女儿回答道。

"原来是《汤豪瑟》啊，那确实是这么难听。"母亲说。

还有一个关于《汤豪瑟》曲子的趣闻。瓦格纳非常喜欢大型犬，所以他养了一条名为佩普斯的幼犬，这条狗经常在他的房间里跑来跑去，十分活泼。当瓦格纳在钢琴前作曲时，佩普斯总是趴在桌子上听。但当瓦格纳创作《汤豪瑟》时，佩普斯似乎非常痛苦；每当瓦格纳充满激情地弹出喧闹又嘈杂的曲子时，佩普斯就会立即趴在桌子上嚎叫："汪！汪……"

瓦格纳听到佩普斯的嚎叫后，像对朋友说话一样对佩普斯说："咦，你不喜欢这段吗？那我改一下吧！"说完就开始修改曲子了。不久之后，如此可爱的小狗却因病去世了，这让瓦格纳非常难过。

《汤豪瑟》发表五年之后，也就是瓦格纳三十七岁时，他完成了著名歌剧《罗恩格林》的总谱创作。在五十二岁的时候，瓦格纳完成了充满人情味的《特里斯坦和伊索尔德》的创作。六十三岁时，他完成了万世不朽的大作《尼伯龙根的指环》的创作。

《尼伯龙根的指环》创作灵感来自神话，由四部歌剧组成：

（1）《莱茵的黄金》

（2）《女武神》

（3）《齐格弗里德》

（4）《诸神的黄昏》

其庞大规模和表达的远大理想都是前所未有的，堪称世界第一。瓦格纳也因此在音乐史上留下了自己的姓名。

尽管取得了如此大的成功，瓦格纳的生活却并不轻松快乐。瓦格纳居住的德累斯顿曾是德国萨克森王国的首都。在瓦格纳三十六岁时的春天，德累斯顿的人民发起革命，放逐了国王，成立了临时政府。血气方刚的瓦格纳也和这些革命人士有来往。但是萨克森北部的强大的普鲁士军队营救出了萨克森的国王，一举攻进德累斯顿，击溃革命军，并将革命的主谋处以死刑。瓦格纳也被俘虏，但他伪装成车夫，从首都德累斯顿逃了出来。为了躲避追捕，他在德国西部诸州逃亡了十几年。十三年后，瓦格纳终于得到了宽恕，恢复了清白之身。在逃亡期间，瓦格纳历尽艰辛，但仍在努力创作音乐。

在历经磨难之后，瓦格纳再次获得了幸运女神的垂青。德国南部大国巴伐利亚的王储路德维希二世听了瓦格纳的《罗恩格林》歌剧后非常感动，说："如果我能成为国王，我想向全世界展示我多么尊敬瓦格纳这位天才。"在瓦格纳五十一岁时，路德维希二世登上了巴伐利亚的王位。即位后不久，国王就把瓦格纳召到巴伐利亚的首府慕尼黑，并说："你在这里做什么都行。"于是，瓦格纳作为国王的客人留在了慕尼黑，并在此期间静下心来完成了大作《尼伯龙根的指环》。

国王在拜罗伊特为瓦格纳建造了一座专属于他的华丽剧院。拜罗伊特位于巴伐利亚北部山区，风景优美，十分宁静。瓦格纳多年的努力终于得到了回报。

虽然瓦格纳已获得成功并赢得了全世界的尊敬，但他绝不满足于此，还想要追求更大的成功，已经七十岁的他仍然勤奋不辍。可就在他刚满七十岁的那年二月十三日，他突发心梗，在意大利水都威尼斯的朋友家里去世了。

瓦格纳突然去世的消息马上传遍了世界各国，无人不为其感到可惜。巴伐利亚的国王非常震惊，马上下谕旨，令人发电报："在朕的宫廷秘书到达之前，任何人不得触碰瓦格纳的尸体。"

二月十六日，瓦格纳的葬礼在威尼斯盛大举行，几万意大利人前来悼念他。由无数花环环绕着的瓦格纳灵柩在停车场被抬上了汽车，送往德国。汽车刚驶进德国境内，无数德国人争先恐后地迎接。当他们抵达巴伐利亚首府慕尼黑的停车场时，国王派来的侍从武官长巴本海姆伯爵迎接了他们，并代表国王为瓦格纳献上了最大的花环："巴伐利亚国王路德维希赠予伟大的音乐家瓦格纳。"

从这个停车场开始，瓦格纳的灵柩由侍从武官长陪同，灵车受到了国王般的礼遇。

灵车最终抵达拜罗伊特的停车场。这一天，拜罗伊特全市的商店停业、学校停课，各家各户挂着吊旗，市内挂满了黑布，市民们全部身穿黑衣送别瓦格纳。诚然，瓦格纳丧礼的隆重程度无异于一国之王的大丧。

大家对此种现象做何感想呢？谁也没有料到，在巴黎吃不起饭时，曾想放弃音乐家的工作去当小偷的瓦格纳，会成为世界级的伟人，并在去世后按王室葬礼规格进行厚葬。其实这是瓦格纳一直不懈奋斗的结果。

歌剧《罗恩格林》

前面提及瓦格纳时，屡次提起歌剧。那么，歌剧究竟是什么样的呢？下文以瓦格纳创作的歌剧《罗恩格林》（*Lohengrin*）为例进行说明。

"歌剧"的英文是"Opera"，演员将自己想要说的话以唱的形式表达出来，一边唱一边表演。在舞台上的演员们都是非常优秀的歌手，用动听的声音演唱着，同时，还有大量的大管弦乐合奏。如果把歌剧当作音乐会来欣赏，也是趣味无穷。而且，舞台上会有令人眼前一亮的精美装饰，很多演员在演戏、跳舞，令人回味无穷。

正因为如此，只有声音好听且非常擅长唱歌的人才可能被选作歌剧的演员。所以，演员歌唱得越好，身价也就越高。

在讲解《罗恩格林》这部歌剧之前，必须提一下：首先，这部歌剧描述的是十世纪左右发生的事情，并在其基础上加入了神话故事。神话故事并不是真实的故事，而是完全虚构的。故事发生在比利时的安特卫普城，当时，该地区属于德国领土。当时德国的统治模式类似于日本的德川幕府时代，上有国王统治国家，就像日本的幕府将军，下有领主或庄园主，就像日本各地的大名。这部歌剧讲述的是安特卫普城的布拉班特公国一个领主家中的家族恩怨。

德国国王海因里希来到安特卫普，准备组建一支军队，发现布拉班特家因为家族世仇而乱成一团。布拉班特公爵在几个月前就已经去世了。他有两个遗孤，一个是埃尔莎公主，另一个是她的弟弟高特菲王子。布拉班特公爵病重时，高特菲王子年纪尚小，于是公爵请来贵族高特弗里德照顾高特菲，以便在他死后由高特菲王子来继承领主之位。公爵交代完后事之后便去世了。但是高特弗里德是一个野心很大的恶人，为了能够成为布拉班特领主，他计划让年幼的高特菲失踪。高特弗里德的妻子奥尔特鲁德是个会魔法的女人，有一天，她趁着埃尔莎公主和高特菲王子在庭院里休息的时候，将高特菲王子变成了一只天鹅。没有人知道这件事情。埃尔莎公主突然找不到弟弟，十分焦急、不知所措。但是，高特弗里德向海因里希国王说埃尔莎公主为了抢夺公爵之位杀了自己的弟弟高特菲王子。国王正为这场审判而烦恼，准备让高特弗里德和埃尔莎公主在上帝面前决斗。神秘的罗恩格林突然出现，救了埃尔莎公主，并惩罚了高特弗里德。

罗恩格林并非一般人，而是"圣杯骑士"，他是天神派来守护基督升天前喝下的最后一杯酒的酒杯的骑士。虽然他力量强大，在与人类的任何战斗中都不会被打败，但天神规定他不能向人类透露自己的名字，因为一旦透露，他就会失去所有的力量，无法继续留在世间。

奥尔特鲁德用魔法知道了罗恩格林的缺点，于是想要阻止埃尔莎公主和罗恩格林结婚。举行婚礼的前一天晚上，奥尔特鲁德悄悄见了埃尔莎公主，为自己的无礼道歉，并说："今晚要和你结婚的男人一直对你隐瞒着身份。要是罗恩格林真的爱你，那他会对你隐瞒真名吗？"于是埃尔莎公主在婚礼上问起罗恩格林的名字。罗恩格林不得不说出自己就是圣杯骑士。因此，罗恩格林不能再留在世间了，只能回到天堂。

前文也提及，在歌剧中，歌唱部分非常重要，因此演员都会选择歌唱得非常好的人。歌剧《罗恩格林》选择了具有以下嗓音的演员：海因里希国王是男低音，罗恩格林是男高音，埃尔莎公主是女高音，高特弗里德是男中音，奥尔特鲁德是女中音。

在了解上面所说的内容之后，再来欣赏这部歌剧。大幕拉开之前，舞台正前方地势较低的地方有百余人的大型管弦乐队开始演奏优美而庄严的音乐，这就是普通歌剧的序曲（Overture）。但在瓦格纳的戏剧中，多数是被称为前奏（Prelude）。这部歌剧中的前奏最开始是微弱而美妙的曲调，而后声音逐渐变大，直到最响亮，最后又以非常微弱的声音结束。在此之间，自始至终都在重复着同一段优美的旋律。这段旋律表达了"圣杯骑士"的情感。

前奏一结束，幕布马上就拉开了。映入眼帘的是舞台两边美丽的森林，正后方流淌着一条河，这是安特卫普的谢尔德河。正右方是海因里希国王坐在大树下的王座上，其两侧是萨克森领主和图灵领主率领着许多臣民并列站着。舞台左侧是布拉班特家族，他们前面是高特弗里德和奥尔特鲁德。

幕布拉开后，喇叭手吹响了喇叭。国王对大家说："现在，我的国家正在集结一支强大的军队，准备出征。你们必须团结起来，为德国效忠。"

"我们是德国民族的璀璨之光。"众人回答。

随后国王转向布拉班特家族，说："听说你们最近因为领主去世而乱成一团，究竟发生了什么？请速速说来。"

高特弗里德马上上前诉说："前布拉班特领主病重时，曾把我叫到床边，把遗孤托付给我。于是，前领主去世之后，我就一心一意地抚养他们。有一天，埃尔莎公主把高特菲王子带到森林里玩耍，然后高特菲王子就不知所终了。我想这一定是埃尔莎公主利欲熏心，才对血脉相通的弟弟下了毒手。希望国王能有个公正的判决。"

"如果这是真的，那埃尔莎公主就犯下滔天大罪了。现在就传唤她来问话。来人，把公主叫来。"

传令使高声呼唤公主。这时，美若天仙的埃尔莎公主身着一袭白衣出现在舞台上。站着的臣民们不禁同时感叹：

"多么美丽清纯的公主啊！怎么会做那样罪恶的事情呢？"此时国王问起了埃尔莎公主的罪行。埃尔莎公主急得浑身发抖，无比悲伤地说："我在森林里休息的时候，迷迷糊糊地睡着了。梦见一个身穿铠甲的骑士，他带着耀眼的光芒走到我身边，我就突然醒了。醒来发现弟弟高特菲已经不见了，不管我怎么呼唤寻找，还是找不到他。"

听到公主的诉说之后，国王和周围的人都十分同情她："如此天真无邪的公主，肯定不会做那种伤天害理的事。这到底是怎么回事？"

高特弗里德马上反驳："你们不要被这种随意编造的梦欺骗了，梦中的男人是个可疑的歹徒。请国王做出公正的判决。"

国王也不知道该如何审判。他说："这实在是太可疑了，这个问题只能交给上帝来审判了。"听了这番话，大家都说："上帝的审判才是唯一正确的！"

于是国王从自己的剑鞘里抽出剑，将闪闪发光的利刃插在地上，对高特弗里德："原告高特弗里德，我命令你以你的性命为代价进行战斗，若你在这场比赛中获胜，那我就认定你的诉讼是正确的。"

高特弗里德是个刚勇无双的骑士，直截了当地说："遵命。"

随后国王又转向公主，说："被告埃尔莎公主，因为你是个柔弱的女人，就请你择一名骑士代替你，与高特弗里德一决胜负，以此来决定你是否有罪。"

埃尔莎无可奈何地说："遵命。若有骑士愿意替我一决胜负，帮我洗脱无实之罪，我将以身相许。上帝啊，请您救救我吧。"

于是国王立刻下令："传令使，传令下去准备。"

于是传令使传唤了四个喇叭手，让他们站在中央的四个角上。喇叭手面向东西南北四个方向，仰天高吹喇叭。传令使仰天大喊："布拉班特的埃尔莎公主，拼上性命也要战斗。勇敢的骑士啊，快上前来。"

喇叭手反复对着天空高吹喇叭，但众人鸦雀无声。此时，观众的心也提到了嗓子眼上。

这时，突然传来了美妙的乐声，从舞台正后方的河上，一只美丽的天鹅拖着一艘小船向这边驶来，船上站着一位英勇的骑士。被这一幕惊呆了的人们还没反应过来，这位骑士已经下了船，站在了舞台的正中央。天鹅又拖着小船消失在远方。

仔细一看，果然是位威风凛凛的骑士。他全身披着银光闪闪的铠甲，戴着银色头盔，左手持银色的盾，右手握银色的剑。这位光芒四射的骑士就是罗恩格林。

罗恩格林慢慢走到国王面前，向他鞠了一躬，然后说："我的国王陛下，您是受天之恩惠的国王。我是上帝派来替可怜的埃尔莎公主参加决斗的。她是清白的啊！"

然后他又转向埃尔莎公主，说："埃尔莎公主啊，我是为您而来的，您不用害怕，请安心吧。"

茫然的埃尔莎公主听了这句话，如梦初醒，欣喜若狂，跪倒在罗恩格林的脚下。

"具有怜悯之心的骑士，请您证明我的清白吧。如果您赢得这场战斗，我将把灵魂都献给您，您将成为我的丈夫，这些国土和臣民也都属于您。"

罗恩格林轻轻地握住埃尔莎公主的手，一边扶起她，一边说："在此次战斗中，我若能取胜，我将与您达成婚约，白头偕老，和平地统治这片土地和臣民。但是，您必须向我发誓，无论发生什么事情，都不能询问我的姓名和身份。"

埃尔莎公主回答："我发誓，无论发生什么事，我都不会询问您的姓名和身份。"

然后，罗恩格林向所有人大声喊道："请大家听我说，埃尔莎公主是无辜的。但你，傲慢无礼的高特弗里德，竟敢用莫须有的罪名对她提起诉讼！现在，上帝已经做出了审判，让我们看看真相。你站起来，和我决斗吧！"

高特弗里德听了这话，心里很不安。但他是个勇猛的人，立刻拔出剑向前冲去，说道："那就一决胜负，胜负也凭运气。在我的国王面前，堂堂正正的较量是骑士的荣耀。"

"那么，我的国王，我请求您立即下达决斗的命令。"

于是海因里希国王下令开始决斗。

传令使一声令下，喇叭手立即高吹一声，国王拔出宝剑，往身旁树上的盾牌连击三下。第一响后，罗恩格林和高特弗里德站起身来，摆好架势。第二响后，两人拔出剑，向对方走去。第三响时，两人开始交手。他们来来回回，缠斗又分开。经过几回的打斗后，高特弗里德因肩部中剑倒下了。罗恩格林立即将剑指向高特弗里德的胸膛。

　　罗恩格林说："你看到了吧，上帝的审判就是如此。我杀你易如反掌，但我不喜欢无谓的杀戮。所以我饶你一命，你现在悔过自新，去做个修道士吧。"

　　高特弗里德和他的妻子奥尔特鲁德悔恨得咬牙切齿，但他们已经无能为力了。

　　国王和全体臣民都在赞扬这位勇士的英雄气概，让罗恩格林坐在他的盾上，埃尔莎公主坐在国王的盾上，随后一边抬着他们，一边唱着胜利的歌，向远方走去，大幕也缓缓落下。这就是歌剧的第一幕。

　　片刻之后，管弦乐团奏响了一首令人毛骨悚然的短曲，很快第二次拉开了帷幕。舞台呈现的是一个夜景，在昏暗中，可以看到右边是安特卫普城内的教堂入口，正后方是骑士们的住所，左边是侍女的住所。

　　在教堂入口的楼梯上，有一对身穿黑衣的男女正在密谈。一个是高特弗里德，另一个是他的妻子奥尔特鲁德。奥尔特鲁德茫然地站在那里，望着骑士住所透出灯光的窗户。

高特弗里德失望地转向奥尔特鲁德，说："我的妻子啊，如果你继续留在这里，一旦被人看见，你会再次受到羞辱。我们赶快离开这里吧！"

奥尔特鲁德听到后说道："不，我绝不会离开。在报复白天羞辱我们的人之前，我是不会善罢甘休的。"

高特弗里德说："你不能为我报仇，上帝不会允许你报复他们的。"

他们争吵了一会儿，奥尔特鲁德终于下定决心，对高特弗里德说："罗恩格林和埃尔莎公主的婚礼就在明天。我要用魔法阻止这场婚礼。"

高特弗里德露出了震惊又疑惑的表情。奥尔特鲁德低声对他说："中午那个骑士下船后，想代表埃尔莎公主参加战斗，再三强调即使是结婚了，也不可以问他的姓名和身份。我利用魔法知道了，他的名字和身份一旦暴露，他将再也无法留在这个世界上。待到那时，他的武力不也就随之消失了吗？白天他战胜了你，是因为利用了妖术。"

听到这里，高特弗里德非常生气，说："所以他是利用妖术才获胜的？真的是太可恨了。"

"所以我现在才想要破解那个男人的妖术，一雪前耻。"

这时，身着白衣的埃尔莎公主出现在公馆的高楼里。她唱着："明天能嫁给那位英勇的骑士是多么幸福的事情啊！"

奥尔特鲁德看到她后说:"埃尔莎公主在那儿,我得接近她,才能实现我的复仇计划。你先避开一下。"

高特弗里德就先退场了。

奥尔特鲁德走近埃尔莎公主,喊道:"公主,埃尔莎公主。"

埃尔莎公主一边在黑暗中看来看去,一边说:"是谁在叫我?噢!你是奥尔特鲁德夫人吧?你是有什么事吗?"

奥尔特鲁德哀叹:"我对不起公主,我被卑鄙邪恶的高特弗里德欺骗了,质疑了无辜的公主。我诚挚地为我的罪行忏悔,请您原谅我吧!"

向来天真无邪的公主为奥尔特鲁德的遭遇感到难过,说:"既然公正的上帝已经为我证明了清白,我也不再对你有任何的怨恨之心。你别站在如此黑暗的地方了,你快快来公馆里吧。"

于是埃尔莎公主吩咐侍女把奥尔特鲁德带进了公馆。

两位侍女手中的蜡烛照亮了奥尔特鲁德的身姿。奥尔特鲁德跪在公主的脚边,说:"谢谢公主。您原谅了我的罪过,您对我的恩情,我死也不会忘记。为了报答您的大恩大德,我有些话一定要说,这事关公主的安危。"

"你这是什么意思?"

"明早举行的婚礼上,会发生不吉利的事。"

"你所说的不吉利,是指什么?"

"那位英武的骑士大人说过不要问他的名字和身份,我认为这是妖魔才有的行为。若非如此，他为何会对即将共度一生的妻子隐瞒自己的姓名和身份呢？所以在结婚之前，一定要问清楚他的名字和身份啊！"

埃尔莎公主听后，身体不由自主地颤抖，眼中闪过一丝怀疑。但她很快回过神，缓缓说道："不，即使我不知道他的名字，我也相信他。"

奥尔特鲁德转过身，低声说道："尽管你说得这么坚决，但怀疑的种子已经种下，我的复仇计划即将成功了。"

此时，埃尔莎公主和奥尔特鲁德的身影渐渐消失了。高特弗里德从公馆外的暗处走出来，说道："我的妻子奥尔特鲁德，干得漂亮！现在我可以打败那个让我颜面无存的敌人了。"

然后他就独自走向远方。

这时，舞台上的白光逐渐亮起，黎明到来。随着一阵号角声，国王的传令使前来宣布高特弗里德将被流放到一个小岛上。很多人聚集到教堂，来观看埃尔莎公主和那位不知名的杰出骑士的婚礼。盛装打扮的埃尔莎公主在众多侍女的护送下登场了。正当她们想要进教堂时，衣着华丽的奥尔特鲁德突然出现在埃尔莎公主的面前，对她说："要和埃尔莎公主结婚的骑士是来历不明的怪物。我和我的丈夫高特弗里德都是家世显赫的贵族，我才有权力先进入这座教堂。"

埃尔莎公主吃惊地看着她，想要辩解。国王带着罗恩格林和很多骑士出现了。罗恩格林和埃尔莎公主想要一起进入教堂时，突然传来了高特弗里德的声音："昨天，你之所以能战胜我，是因为你用了妖术，这并不是公平公正的决斗。如果你不承认的话，那你说出你的名字和身份啊！"

埃尔莎公主虽然心存疑虑，但她一开始就坚定地许下诺言，所以她没有办法当面问罗恩格林这件事，只能说："我始终相信这位尊贵的骑士。"

就这样，罗恩格林和埃尔莎公主一起走进了教堂。第二幕就此结束，舞台再次闭幕。

过了一会儿，第三幕开始了，管弦乐队奏起了第三幕的开场音乐。这是一段非常欢快的音乐，随后是家喻户晓的《婚礼进行曲》。

到《婚礼进行曲》的合唱部分时，帷幕悄然拉开。舞台被装饰成华美的宫殿婚礼的场景。开始是很多人唱着结婚的歌曲缓缓入场，随后身后的大门打开了，埃尔莎公主在众多侍女的陪伴下，慢慢地走了进来。衣着华丽的罗恩格林则由国王和一队身着华服的骑士陪同紧随其后。众人来到舞台前面，为埃尔莎公主和罗恩格林唱了一曲幸福之歌，然后退场了。舞台上只剩下埃尔莎公主和罗恩格林两个人。

这时，埃尔莎公主的疑虑逐渐增加，陷入了巨大的痛苦之中，心想："既然已经成为夫妻，彼此坦诚相待才是真正的相处方式。可是我现在连丈夫的名字和身份都不知道。

虽然我发过誓绝对不能问他这个问题，但我实在是无法忍受了，我一定要问清楚。"

罗恩格林看到愁眉苦脸的埃尔莎公主，想要消除她的顾虑，于是说道："什么都别问，但请您相信我。什么都不知道才是我们两个人最大的幸福。"

然而，埃尔莎公主无法忍受心中的痛苦，于是下定决心，恳求地说："请将您的姓名和身份只告诉我一个人。"就在罗恩格林想要回答的瞬间，高特弗里德突然拔剑闯入，准备杀死罗恩格林。

埃尔莎公主看到这一幕，明白丈夫遇到了麻烦，立即拿起剑递给了罗恩格林。她甚至还没来得及看清罗恩格林拔剑的手，高特弗里德就已经被一剑杀死了。高特弗里德马上倒地身亡，连话都没有来得及说一句。

罗恩格林传唤来了许多贵族和骑士，命令道："把这个人的尸体带到国王面前。我现在要在国王面前公开我的名字和身份。"

埃尔莎公主吓得浑身发抖，扑倒在罗恩格林的怀里。罗恩格林叫侍女过来，命令道："照顾好公主，把公主扶到国王面前。"

舞台突然变为第一幕的场景——安特卫普附近的谢尔德河畔。国王和贵族们都在等待罗恩格林的到来。

随后，被黑布包裹着的高特弗里德尸体被抬了过来，所有的人都惊呆了。埃尔莎公主带着众多侍女也出现了。

人们对这一幕感到十分不解。

此时，与第一幕一样，身披银色铠甲的罗恩格林出现了。城里的人们都在为他的英勇风姿而欢呼雀跃，国王也不禁称赞。此时，罗恩格林向国王鞠了一躬，说："我现在奉上天之命诛杀恶棍高特弗里德。但埃尔莎公主违背了约定，打破了最初的誓言，要求我公开姓名和身份。既然她心中产生了怀疑，我再隐瞒也无济于事了。现在我决定什么都不隐瞒了，我要公开我的名字和身份。"

随之响起了歌剧中最著名的以《罗恩格林》为歌名的曲子。

其间传来了美妙的"圣杯"音乐。

"我并非世间之人，我就是'圣杯骑士'，从前代替万民承担了罪孽的耶稣基督在升天前喝下的最后一杯酒的酒杯由我守护。我拥有无限力量，可以帮助弱者、鼓励强者、惩罚恶人，与任何人类的战斗我都不会退缩。但上帝对我下了一条禁令：永远不要对世人说出我的名字，永远不要让世人知晓我的真实身份，否则我就无法留在人间片刻。现在我的身份已经暴露了，我要马上回天堂了。再见了，各位。"

罗恩格林说完之后，又出现了和第一幕一样的场景：一只天鹅拉着小船，出现在河面上，它是来迎接罗恩格林的。

人们指着天鹅大声喧哗："你们看！是天鹅！一只

天鹅！"

埃尔莎公主悲痛欲绝，哭倒在地："噢！天哪，我好害怕，我的幸福破碎了。"

罗恩格林乘坐这艘船准备离开时，奥尔特鲁德出现了，得意地大喊："我大仇已报，最后的胜利是属于我的。"罗恩格林听了之后，向天祈祷。突然，天边飞来一只鸽子，那是上帝派来的使者。拉着小船的天鹅突然沉入水中，再次浮上来的时候，已经变成了一个可爱的少年。这是之前被奥尔特鲁德变成天鹅的高特菲王子，现在上帝解除了魔法，所以他变回了人类。奥尔特鲁德看到自己的魔法被破解，惊愕地倒在地上死去了。

罗恩格林乘坐着鸽子牵引的小船，渐渐消失在远方。

埃尔莎公主被弟弟高特菲王子抱在怀里，昏了过去。

大幕悄然落下，歌剧结束。

拥有神奇小提琴的帕格尼尼

大约一百年前，尼科罗·帕格尼尼被誉为世界上最杰出的小提琴大师。

他站在演奏台上，拿起小提琴开始演奏时，几乎就像是在与琴弓共舞，他的手指飞快地移动着，让人眼花缭乱。小提琴的声音神秘莫测、变化无穷，让人以为是精灵附身在这台精巧的器械上。曲调的魅力和音色的美妙让人无法相信它是由这个世界上的人类演奏的。听过帕格尼尼演奏的人都说："帕格尼尼的小提琴不同于普通的小提琴，它是一把神奇的小提琴，有一种特殊的机制，所以才能拉出如此动听优美的乐曲。"人们开始把帕格尼尼的小提琴称为"神奇的小提琴"。

一天晚上，在一场音乐会上，当全场观众还沉醉在帕格尼尼神奇小提琴的琴声中时，有一位贵族被帕格尼尼奇特的演奏方式深深吸引，惊叹不已。于是他把帕格尼尼叫到身边，问："你的小提琴发出的琴声真是特别啊，是不是有特别的构造呢？"

"没有啊，没有什么特别的构造。如果您还有疑惑的话，您可以检查一下。"帕格尼尼赶紧摇头说，并把小提琴递给了贵族。贵族接过小提琴，仔细地察看，歪了歪头说："真的是一把普通的小提琴，没有什么特别的构造。但刚才听到的琴声确实是无与伦比的优美啊！"

帕格尼尼自信地说："只要是拉着弦的东西，我就能拉出一样的琴声。"

贵族听后一脸震惊地问："只要是拉着弦的东西就能拉出一样的琴声吗？一样的？"

帕格尼尼肯定地说："是的，一样的。"

贵族半开玩笑地指着自己的鞋子，说："那要是这双鞋子拉上弦，也可以拉出一样的琴声吗？"

帕格尼尼肯定地说："是的，一样的。"

贵族心想："这倒是有趣，那我来捉弄一下他。"于是，他把穿着的短靴脱下递给帕格尼尼，说，"那我们就在这只鞋的鞋底钉上钉子拉上弦，你来试拉一下，如何？"

帕格尼尼丝毫没有感到为难，他接过鞋子，在鞋上固定了几个钉子后，拉上了小提琴的弦。他左手拿着鞋，右手拿着琴弓，站了起来。贵族和周围的其他观众看到这一幕，都非常好奇地注视着帕格尼尼的一举一动，想看看这小小的一只鞋会发出怎样的声音。

帕格尼尼像往常一样开始演奏，一如既往地舞动着弓，那姿态仿佛是在跳舞。他手指的速度令人眼花缭乱。琴声优美动听,如同那"神奇小提琴"中发出来的一样。贵族等人都忘记了这琴声其实是从一只鞋子里发出来的。

帕格尼尼被公认是世界上最好的小提琴家,即使是用鞋子演奏,也比世界上其他小提琴家演奏得好。此后,贵族把帕格尼尼拉过琴的靴子当成传家宝传给子孙。

有一天,帕格尼尼和朋友一起在奥地利维也纳的街头散步,突然听到了不知从何处传来的小提琴声。

帕格尼尼的耳朵很灵敏,一听到这首曲子,就转过身对朋友说:"这首曲子是意大利民谣。一定是我们意大利人在演奏,我们快去看看是什么样的人在拉小提琴。"他催促朋友往声音的源头走。因为帕格尼尼是意大利人,所以他十分在意。

他顺着声音走过去,发现路边有一个小乞丐拉着一把破小提琴。小乞丐周围站着一些人。不过,那个少年拉得并不好,周围的人也不愿意给他钱,只是站在那里看热闹。

帕格尼尼推开周围的人群挤了进去,对男孩说:"你是意大利人吗?"

男孩停下拉小提琴的动作,说:"是的,我是意大利人。"

帕格尼尼说:"你大老远从意大利来到奥地利,怎么现在却成了乞丐?你不觉得这是意大利的耻辱吗?"

"是的,我很抱歉,但我没有办法。我的父亲很早就去世了,现在只剩下我年迈的母亲,她长期卧病在床。家里已经没有钱了，也没有办法支付母亲的医疗费。我只好在路边拉小提琴，希望能得到行人的赏钱，给母亲当医疗费。但是我这不精湛的技艺在意大利是无法得到赏钱的，所以想来音乐之都维也纳演奏意大利的稀有民谣，多少赚些钱。于是我翻越陡峭的阿尔卑斯山，徒步来到这里。"

帕格尼尼听了，十分同情这个男孩，于是从怀里掏出钱袋，把所有的钱都给了他——但其实也没多少钱。

然后，帕格尼尼突然拿起男孩的小提琴和琴弓开始拉琴。他像是在与琴弓共舞，手指飞快地移动，"大珠小珠落玉盘"的优美琴声立刻吸引了路人。不一会儿，数百人聚集在他周围。

世界第一的小提琴大师帕格尼尼忘我地拉着小提琴，人们如痴如醉地听着。一曲结束时，全场响起了雷鸣般的掌声。

此时，帕格尼尼拿着少年脏兮兮的帽子，走到了观众面前。人们纷纷掏出钱包，拿出钱来。帽子里瞬间就有了数百块。

帕格尼尼拿着钱径直走向乞丐男孩，说："你快拿着这些钱回意大利为你的母亲治病，好好照顾她。以后别在外国做这些丢意大利脸面的事情了。"说完便马上和朋友一起回家了。

帕格尼尼是个什么样的人呢？让我们从他的身世讲起。1782年10月，尼科罗·帕格尼尼出生在意大利北部的热那亚，那是一个著名的港口。他的父亲名叫安东尼欧·帕格尼尼，在港口经营一家装卸店。他热爱音乐，尤其喜欢拉曼陀林。他在儿子尼科罗·帕格尼尼很小的时候就教他音乐，并亲自教他演奏曼陀林和小提琴。虽然父亲的小提琴拉得并不好，但足够教好年幼的帕格尼尼了。父亲的教学非常严格，如果帕格尼尼拉得不好，父亲就会用鞭子抽打他。

父亲的教学方法极其严厉，年幼的帕格尼尼总是忍气吞声，一边流眼泪一边努力学习。慈爱的母亲每次看到这一幕，都会流着泪安慰他。

有一次，帕格尼尼的母亲在夜里做了一个梦。不知道是从何方来的天使走到她面前，对着她说："我是奉上帝之命来此的。他说，你慈爱的心与上帝相通，他可以满足你一个愿望。你快说说你的愿望吧。"

母亲听了大喜，立刻磕头，说道："我不奢求自己荣华富贵、长生不老，我唯一的愿望就是我的孩子能成为世界第一的小提琴大师。请实现我的愿望吧。"

天使笑了笑说："相信你的愿望一定会实现的。"

然后梦醒了。

母亲早上起床后，把这件事讲给儿子听，鼓励他："感谢上帝，你将来一定会成为世界第一的小提琴家，所以要好好忍受现在的痛苦，好好学习。"

帕格尼尼日复一日地被父亲鞭打，身上经常布满伤疤，还生了好几次病。即便如此，他仍然刻苦学习，从不松懈。六岁那年，他成了远近闻名的小提琴家，人们听到他的小提琴演奏，都会被感动得流泪并赞叹不已。父亲已经没有能力教他了，正好当时遇到一位小有名气的小提琴老师，于是父亲就将帕格尼尼带到老师面前，说："请您收我儿子为徒吧！"

老师说："这么小的孩子，拉得了小提琴吗？你先拉首曲子来听一听吧！"

尼科罗·帕格尼尼拿起小提琴，毫不费力地拉出了一首高难度的曲子。

老师大吃一惊，说："这小孩已经很了不起了，我已经教不了他，您另请高明吧！"

但是，无论去到哪位老师家里，得到的回复都是一样的。帕格尼尼只好自己努力钻研，除此之外也别无他法。

八岁时，他就自己创作了一些难度非常大的曲子，甚至是像著名的小提琴奏鸣曲这样的作品。

从那时起，他的演奏技巧和作曲水平每一年都在进步。他在作曲方面下足了功夫，创作的热情超乎想象。在只有十二三岁的时候，有时他突然想到一首乐曲，就尝试用不同的方法演奏。他从早到晚，反复尝试了百余次。到了傍晚，他终于累到昏厥，甚至停止了呼吸，最终在家人的抢救下才渐渐恢复了呼吸。

帕格尼尼从小学习过于刻苦，导致身体状况逐渐恶化。

他的父亲为了他的身体健康，带他去各国旅行。他的小提琴技艺广为人知，最后他的名字响彻了整个欧洲，被称为小提琴之神。

德国皇帝授予这位世界闻名的小提琴家男爵称号，以贵族之礼优待他。

教皇利奥十二世授予帕格尼尼光荣勋章。

关于帕格尼尼的神奇小提琴，还有一个故事。

在意大利革命期间，许多爱国者被捉拿入狱，许多音乐家也被俘入狱，而帕格尼尼就是其中之一。

在狱中，帕格尼尼得到了一把粗制滥造的小提琴。这把小提琴的弦断了三根，只剩下一根（小提琴有四根弦）。在狱中很难买到新琴弦，他无奈之下只能用这把单弦小提琴从早到晚进行练习。即使只有一根琴弦，他也比普通人用四根弦演奏得更自如，也能演奏出更难的乐曲。

1840年5月27日，帕格尼尼在一个名叫尼斯的地方去世，享年58岁。帕格尼尼将他从音乐中赚得的大部分钱财捐给了各种事业，即便如此，他去世时仍然拥有超过八万多镑的遗产。

如果你读过帕格尼尼的传记，你就会明白，所有伟大的人物在幼年时往往都是忍受着痛苦学习的。搞艺术的人过于强调天赋，总是说："我生来就有天赋，所以我只要做好我的艺术，我就会成功，就会成为名人。"

然而，无论多么有天赋，不学习也是不行的；从来就没有不吃苦就能成大器的人。有一位学者说过:"天才就是要比常人忍受更多的痛苦。"

我曾经说过,尼科罗·帕格尼尼从小就是在父亲的棍棒下学习的,仔细想想好像有些残酷,但正因如此,他才能成为举世闻名的小提琴大师。如果帕格尼尼从小没有忍耐,没有刻苦学习,他也不会成功;无论他的母亲梦见过多少次天使,他也不可能因为这种梦而成功。换句话说,这个故事要表达的意思是:"非凡的勤奋和努力是最终成功的基础,这是天注定的。"

我听过很多类似的故事。很久以前,我们国家有个宫廷乐师正在教他的儿子唱一首家传的歌曲,但年幼的孩子总是唱得不够好。他的父亲气愤地举起大古筝想要打儿子的头——如果被古筝打中头部,肯定会死掉的。孩子心想:"这下惨了。"然后立刻跑开了。父亲根本就追不上孩子,于是,他立即从旁边的火炉里抽出了一把火钳,扔向孩子。火钳贯穿了孩子的脚背,直插到榻榻米里面。孩子知道现在是豁出性命也逃不了了,所以他没有哭,反而用尽全身的力气唱了这首歌。父亲听到后,说:"只要有干劲就没问题,不要忘记这次教训了,以后好好学习。"后来,这个孩子成了音乐大师。

还有另外一个故事与此相似。有一位专门演奏祭神曲的宫廷乐师想把自己的知识传授给儿子,所以每天一大早就让他的孩子坐在走廊上,开始教他唱祭神曲。孩子年纪尚小，总是唱不好。于是父亲非常生气，从旁边的壁龛里拿出一把剑，说："你唱得这么差，有辱我们家族的名声。我们的祖先是不会原谅像你这样的不孝子的。今天我要用这把世代相传的宝剑结果你的生命。受死吧！"说完便向孩子砍去。

那个孩子见状，大喊："这可不得了！"然后，他就光着脚一溜烟地向庭院飞奔而去，迅速地爬上了庭院里的柿子树。

跑得慢的父亲终于来到树下。剑够不着爬到树枝最高处的孩子，而且他也爬不上这棵柿子树。

于是父亲马上去家里找来一把锯子，一手拿着明晃晃的剑，一手拿着锯子，开始锯柿子树的树干。

"这棵柿子树倒下的时候，就是你没命的时候。"父亲一边怒吼，一边咔嚓咔嚓地锯树。

再过一两分钟，树干就要被锯断了。孩子知道自己已经到了穷途末路，他急忙拼命地唱起祭神曲。这真是在生死关头下的努力啊！忙着锯树的父亲听到孩子的歌唱，说："早这样不就没事了吗？不要忘记这种精神。"他说完便走开了。孩子逃过一劫，慢慢地从树上爬了下来。这个孩子后来把祭神曲的秘歌全部传承了下来，流芳百世。

这些都是古时候的故事了，但现代也有类似的故事。有一位教我笙的老师，也是宫廷乐师。他的头上有三四个圆圆的斑秃。我问他为什么会有斑秃。他说小时候跟父亲学笙的时候，演奏得稍有不好，父亲就会用长长的烟管头用力敲打他的头。他当时年纪尚小，头还软软的，就这样被烟管头打出了几个圆洞。现在年纪大了，那个疤痕却一直都在。

老师在那样的痛苦之下努力学习，演奏笙的技术已经非常精湛了。有一次，我们十个人聚在一起练习合奏宫廷雅乐。傍晚，老师来的时候刚好是晚餐时间，老师喝得酩酊大醉，连上二楼的楼梯都得由两三个人搀扶着。

合奏的练习才刚开始，喝醉的老师就已经呼呼大睡了。我们硬是让老师拿笙："请为我们演奏这首曲子。"

"好的。"老师说。

于是，他把笙放在嘴边吹了起来。因为他已经酩酊大醉了，吹着吹着就躺了下来，后来甚至睡着了。但即使是睡着了他也没有停止吹奏笙，节拍和音调都很清晰，没有一点儿走音。那清澈的音色和美丽的旋律，让每一个聆听演奏的人都被感动得热泪盈眶。

后来我把这件事告诉了老师。老师说："我一点都不记得了。我不记得当时吹过笙。"也就是说，无论是在梦中，还是在无意识中，老师一旦拿起乐器就能开始演奏，还能演奏得优美动听，丝毫不拖泥带水。我相信这是从小就经历了非同寻常的痛苦才能达到的境界。至今还留在老师头上的斑秃，就是无比宝贵的例子。

我在给大家讲述帕格尼尼传记的过程中说这些，是想给大家一些鼓励。

关于帕格尼尼的故事，还有一段佳话很有启发性。

帕格尼尼三十三岁那年，在意大利首都罗马参加了著名的狂欢节（Carnival）。这是西方一个古老的节日，是为了纪念希腊的酒神。在这几天里，几乎全国所有大城市的人民都会狂热地庆祝这个特别的节日。这一年，罗马举行了盛大的狂欢节，当时被誉为西方最好的歌剧演员罗西尼（Rossini）和梅耶贝尔（Mayerbeer）等大家也来到此地。帕格尼尼和这些人几乎一个星期不间断地疯狂地演奏音乐，最终他因过度疲劳而得了重病，从罗马前往南方的那不勒斯城时病倒了。

所有看到他的人都谣传帕格尼尼得了肺结核。当时帕格尼尼为了休养，想要租一栋房子住。房东听了之后大惊失色，说："我们的房子要是住过肺结核患者，那就糟糕了。我的房子将永远没人愿意住了。"说着，把重病缠身的帕格尼尼强行赶了出去，扔在了路边。当时，肺结核被认为是最可怕的传染病。

没有一个人敢靠近被丢在路边重病的帕格尼尼。当然，如果一直把他留在那里，他肯定会死的。但是帕格尼尼的朋友中，有一个练习大提琴的人，名为香德里。有一天，香德里来探望帕格尼尼，他看到帕格尼尼如此狼狈，大吃一惊，忘记了传染病的危险（其实那并不是肺结核），扶起帕格尼尼，好不容易雇来了一辆车，把他送到郊区一所安静的房子里，悉心照料。帕格尼尼经过朋友的全力照顾，很快就痊愈了。

帕格尼尼被香德里对自己的深厚友情打动了，便将自己的秘曲和秘籍传授给了他。香德里不久便成为有名的音乐家。中国有句名言："德不孤，必有邻。"这个故事就是很好的例证。

关于帕格尼尼的故事还有很多，在这里就不一一列举了。

西方音乐奠基人巴赫

距今约两百年前,德国出现了一位叫约翰·塞巴斯蒂安·巴赫(Johann Sebastian Bach)的音乐大师。巴赫不仅在管风琴领域取得了卓越成就,在钢琴、小提琴、歌曲、管弦乐等领域也有很多著名的作品。他对西方音乐做出了巨大的贡献,推动了西方音乐的迅速发展,被称为"西方音乐之父"。

1732年10月的某天发生了一件事。那时巴赫住在德国萨克森的都城莱比锡。

这个城市有一所叫作托马斯的宗教学校。巴赫是这所学校的管风琴演奏者,住在学校隔壁的一所简陋的房子里。

巴赫胖得很,身材魁梧、嘴唇紧闭、目光犀利,看起来十分威严。所以,住在这个城市的人们说着有关巴赫的传闻:"那个人的内心深不可测,像猫头鹰一样。"但是一旦巴赫坐在管风琴前开始演奏曲子,没有一个人会交头接耳,大家都垂着头沉浸在其中,感动得热泪盈眶。

十月的某个傍晚,巴赫家里灯火通明,全家人聚在一起,其乐融融地交谈着。

　　穿着黑色衣服坐在中间的是父亲塞巴斯蒂安·巴赫;坐在右边的女人是母亲,她有着美丽而高雅的容貌,眼睛里充满了慈爱;她体格健壮,有几分英姿飒爽,是典型的德国女性。母亲头上戴着白色的帽子,脖子上戴着纯洁的玉石,怀里抱着一个刚出生三个月的婴儿。这个孩子的名字叫克里斯托弗。

　　孩子们围绕在母亲身边,他们一边烤着苹果吃,一边互相嬉戏打闹。老大弗里德曼,长得像父亲一样高大魁梧,但性情暴躁,有点粗鲁。他坐在火炉旁边,目不转睛地看着弟弟们玩耍。

　　还有一个瘦削的少年安静地坐在父亲身边。他就是次子埃马努埃尔·巴赫,他长相酷似父亲,性格温和而乐观。埃马努埃尔离家到外地求学,但这天恰好回到家中,父亲、母亲和所有兄弟姐妹都很高兴地欢迎他,并为此举行了一场欢乐的晚宴。

　　这时,埃马努埃尔从口袋里掏出几张乐谱,拿到父亲面前,脸涨得通红,说:"爸爸,我试着作了几首曲子,您看看有没有一首比较好的?"

　　塞巴斯蒂安·巴赫一张一张地看着,眼泪流了下来,高兴地说:"埃马努埃尔,这些曲子都很棒。你一定会成为一个扬名天下的优秀音乐家。但是你一点儿也不能懈怠。哥哥也要努力学习啊!我现在老了,能看到你们的成功,我心满意足了。"

孩子们听了都说:"我们一定遵照父亲的教导,用心学习。"

这时,门前传来马的嘶鸣声,又传来急促的脚步声,夹杂着刀剑之响,还有砰砰砰的敲门声。

埃马努埃尔立刻起身去开门,马蹄声和刀剑声让小家伙们停止了玩耍,害怕得紧紧抓住母亲的衣袖。母亲也不知道发生了什么事,脸色大变,呆呆地站在那里。

塞巴斯蒂安·巴赫泰然自若,平静地坐在椅子上说:"没什么好担心的。我又没有做错什么事,所以没什么好害怕的。"

过了一会儿,门被打开了,一位身穿华丽的金色礼服的士官满脸疲惫地走了进来,向塞巴斯蒂安·巴赫行礼后,严肃地说:"我是萨克森国王派来的使者,国王的侍从普鲁尔伯爵给音乐大师塞巴斯蒂安·巴赫写了一封信。我带着这封信从首府德累斯顿出发,策马奔驰百里到此。这是给您的信。"说着,把一封信递给了巴赫。

埃马努埃尔请这位军官坐下,静静地站在了旁边。塞巴斯蒂安·巴赫打开信,看了起来。

亲爱的约翰·塞巴斯蒂安·巴赫先生:
敬启
我那无比仁慈的萨克森国王想听一听世界著名管

风琴大师塞巴斯蒂安·巴赫演奏的音乐。特此诚挚地邀请您，10月24日，在首都德累斯顿的教堂中，在国王的御前展示您的绝妙演奏。想必您也会以此为荣。明天国王会派马车前来迎接您，请您做好准备。

  以上内容，皆为国王之命令，我仅代为传达。

10月22日
普鲁尔伯爵

  时间来到演奏的当天。世界第一的管风琴演奏家塞巴斯蒂安·巴赫将在德累斯顿教堂向国王献上他的演奏。这一天慕名而来的观众成百上千。士兵们身着金灿灿的礼服，女士们为了这一天梳妆打扮，戴上了耀眼夺目的珠宝。

  国王坐在中央的宝座上，普鲁尔伯爵等高官贵族陪伴在他的左右。国王年事已高，白发如霜。

  国王平静地对普鲁尔伯爵说："在场的听众都十分期待这位音乐家的演奏，为什么巴赫还没到呢？"

  正当大家望眼欲穿时，有一个人推开大门，缓慢地走了进来。

  国王看到后说道："这个光明正大走进来的人是谁？身边还跟着两个看起来很和善的年轻人。"

  普鲁尔伯爵回答："此人就是殿下召见的音乐家塞巴斯蒂安·巴赫。身边跟着的是他的长子弗里德曼和次子埃马努埃尔。"

片刻之后，舞台上传来了清脆悦耳的管风琴声，简直就是天籁之音。坐在管风琴前的巴赫手指不停地弹奏着，他的精神越来越亢奋，演奏的曲调也越来越高亢，听得全场观众如痴如醉，仿佛忘却了一切。

管风琴的声音越来越高，越来越强，其中蕴含着一种难以形容的力量，仿佛上帝在控诉人们过去的罪孽。观众听得无不战栗，开始忏悔自己过去的罪孽和污秽。

过了一会儿，巴赫的管风琴声突然变得平缓，优美的琴声让人觉得那些悔过自新的人已经得到了上帝的宽恕，升入了美丽的天国。这简直就是来自天堂的音乐。

巴赫的音乐结束了。听到这首乐曲的众人，感觉他们肮脏的心灵现在已经完全被洗净了，拥有了如神明一样美丽圣洁的心灵。巴赫的这首乐曲比数以万计的大祭司的布道要有效得多！

就连坐在巴赫身边的两个孩子也被这宏伟的音乐感动得热泪盈眶，身体颤抖不已，连站都站不起来。

这时，国王失魂落魄，不知不觉地走上舞台，来到了巴赫的身后，双手搭在巴赫肩上。他不知该说什么，默默地流着眼泪。

巴赫平静地转向国王，说："殿下，据我所见，天堂的音乐确实已深入殿下的内心。殿下恐怕因为刚才那不可思议的音乐而心绪不稳，正在不由自主地颤抖吧？最后那美妙的音乐正是天堂的体现。殿下，现在您明白了吧？在纯粹的天堂的幸福面前，世间的荣华富贵不过是一场梦。"

国王面对巴赫，颤抖着声音说："音乐开始演奏时，我就觉得好像有一个恶魔在催促我去死。但后来音乐突然变得平缓，我才回过神来。如果音乐一直高亢激昂，我真的会死去的。我曾多次想过死亡，但从未像今天这样感到恐惧。这是我有生以来第一次开悟。"

巴赫听到这句话后，欣慰地笑了笑，向国王行了一礼，就准备离开了。

国王急忙拦住巴赫，说："我不忍心就这样让你白来一趟。你还是说出你的愿望吧，我会满足你的。"

巴赫微笑着对国王说："承蒙上帝的眷顾，我已经比殿下幸福得多了。能得到您的赞美，已经足够了，别无所求了。"

国王回答说："那我也不好再说些什么了。但是你身边的两个孩子呢？"

听到这里，巴赫的脸色有些阴沉，说："感谢陛下的关爱。您能施恩于我的长子弗里德曼吗？我的次子埃马努埃尔已经得到了上帝的垂怜，我相信他将来会成为一名出色的音乐家。但我担心我的长子弗里德曼的未来，因此，我希望在我死后，陛下能施恩于他。"

有句谚语叫"知子莫若父"，正如巴赫所料，后来埃马努埃尔·巴赫没有辜负父母的期望，成了著名的音乐家。

然而，长子弗里德曼虽是天才，却陷入了堕落的深渊，晚年穷困潦倒，靠出卖父亲的作品为生。

到了离别之际，国王再三握住巴赫的手，说："愿你们父子永远幸福。"说完就返回了王宫。巴赫就这样准备回莱比锡了。教堂前面已经准备好了和国王的马车一样豪华的马车，巴赫父子硬是被拉上了这辆豪华的马车。很多的近卫骑兵整齐地摆好仪仗，枪旗在秋风中飘扬。在夕阳映照下，那阵仗好像是在欢迎凯旋的将军。于是，巴赫父子在欢呼声中，朝着莱比锡的方向而去。

下面让我们来了解一下巴赫小时候的故事。1685年3月21日，塞巴斯蒂安·巴赫出生于德国图林根州的埃森纳赫。他从小父母双亡，由长兄克里斯多夫·巴赫抚养长大。他的兄长是一位音乐家。

克里斯多夫收藏了大量当时著名作曲家的乐谱。当然，当时乐谱的印刷并不像今天这么容易，所以并不是随时都能买到精美的乐谱。

塞巴斯蒂安·巴赫从小就非常热爱音乐，他请求长兄借给他一些乐谱。但长兄对此非常吝啬，不愿意借给他。

有一天，长兄出门了，塞巴斯蒂安·巴赫来到长兄的书柜前，想看看能不能找到乐谱。但不幸的是书柜的门锁住了，根本就打不开。他失望得快要哭了的时候，发现书柜有一个洞。幸运的是，由于他年纪尚小，手能穿过洞。于是，他把里面的乐谱一张一张地卷成细管，从洞里拿了出来。

可是，如果白天将乐谱誊写下来的话，一定会被家里人发现的。于是，他只能在大家都睡着了的时候誊写乐谱。因为晚上不准点灯，所以他在月夜里借着月光一点一点地誊写。终于在半年之后，把乐谱全部誊写下来了。塞巴斯蒂安·巴赫在小小年纪就如此用心，是不是很了不起呢？

他学习如此刻苦，以致晚年患上眼疾，最终双目失明。1750 年 7 月 28 日，他在莱比锡去世，享年 75 岁。

泰晤士河上献给国王的《水上音乐》

这是伟大的音乐家乔治·弗里德里希·亨德尔（George Friedrich Handel）的故事，他与前面提到的塞巴斯蒂安·巴赫处于同一个时代，都是西方音乐界的著名人物。

1685年2月23日，他出生在德国萨克森一个名叫哈勒的小镇，与巴赫同岁。他父亲是一名医生，想把他培养成一名律师。亨德尔两岁左右起就非常喜欢音乐，一听到别人唱歌或演奏，就能立刻模仿得惟妙惟肖；从早到晚都没有离开过乐器。他的父亲看到后，非常担心："当律师是不需要学音乐的，如果你整天玩这些东西，根本无法成为一个优秀的律师。从现在起，不准接触音乐相关的东西。"于是，亨德尔被完全禁止听音乐和玩乐器了。

但亨德尔怎么可能因此放弃音乐呢？他总是极其谨慎地偷听音乐。

亨德尔的母亲没有父亲那么固执，说："既然你这么喜欢音乐，就趁你父亲不在的时候，再偷偷玩音乐吧！"就这样，亨德尔被允许玩音乐了。

于是，亨德尔把钢琴的前身古钢琴（Clavichord）藏在阁楼的储物柜里。在家里的其他人都上床睡觉后，他就像一只小老鼠一样钻进储藏室，专心致志地学习。

他刻苦学习，学得出奇地好。五岁时，在一次音乐会上，亨德尔在众人面前演奏了一曲，令在场的人们惊艳不已。

亨德尔初露锋芒，就连他那固执的父亲也认识到自己的孩子是音乐天才。于是，父亲改变了主意，认为与其强迫他成为一名律师，不如让他发挥天赋，成为一名音乐家。从那时起，亨德尔就跟着哈勒镇上的某个音乐老师正式开始学习音乐。

亨德尔越发努力奋斗，从早到晚专心致志地学习音乐，丝毫没有倦意。

他长大以后，始终保持着一种永不服输的精神，无论遇到什么困难，他都会奋起直追，越挫越勇。因此，人们永远都不会对亨德尔感到失望。

亨德尔年轻的时候过着穷困潦倒的生活。有一次，他借钱还不上了，讨债的人把他家的东西都拿去抵押了，而他仍然坐在乐器前思考着作曲。他似乎一点儿也没有因为家里所有物品被拿走而担忧，而是继续构思着他的作品。

后来亨德尔来到英国，创作了大量规模宏大的音乐，也曾经因为使用数百人的合唱团和大型管弦乐队，而震惊了全世界。但是，他的音乐实在是晦涩难懂，并不符合当时人们的口味，所以在他早期举办音乐会时，到场的人寥寥无几。

举办了如此大型的音乐会，却没人来听。这是一笔不小的损失，他因此负债累累。即便如此，亨德尔仍然泰然自若，对此毫不在意。

有一天，亨德尔为了展示辛辛苦苦、精心制作的大合唱和大型管弦乐，举办了一场大型音乐会。然而，当音乐会开始时，却没有一个观众到场。大厅里冷冷清清，空无一人。

看到这一幕的朋友想到亨德尔是多么失望、难过，流下了同情的泪水，愤愤不平地说："这么好的音乐会都不来听，这世上的人都这么傻吗？"

亨德尔听了这话，脸上露出愉快的笑容："这种事情无所谓的。在没有人的房间里合奏的话，音乐的回响会更好，听起来会更好的。幸好今天谁都没来，这样就可以展现出最好的音乐效果了。"

说完，他自己站在舞台中央，热情洋溢地挥舞着指挥棒，完成了演奏。

亨德尔平时的口头禅就是："我创作音乐的目的不是为了娱乐世人，而是想用音乐引导世界走向正确的方向。"这种心态确实令人钦佩。

世界上有很多人做音乐只是为了一个小小的理想，只是为了让别人听他们的音乐、赞美他们。这样的人是具有卑微本性的艺人，如果他们的音乐受到批评，他们立即就会发怒，与批评他们音乐的人断绝关系。

亨德尔起初对歌剧非常感兴趣，并创作了许多歌剧，但这些歌剧并不符合大众审美。于是他前往意大利旅行，遍访各地，以便研习歌剧。期间他充分了解了意大利音乐的风格和特色，并将其优美的旋律与德国音乐的宏大配乐手法结合起来，精心打造出了自己的音乐风格。从此，亨德尔创作的音乐，总是给人一种庄严肃穆的感觉，吸引了许多人前来欣赏。

25岁时，亨德尔第一次去英国旅行，在那里创作了歌剧《里纳尔多》（*Rinaldo*）。这部歌剧颇受好评，从此亨德尔的名字为许多人所熟知。

次年，亨德尔回到了自己的祖国德国，但在27岁的时候，他又前往英国，直到74岁在伦敦去世。

亨德尔前往英国之前，曾去了德国的汉诺威。汉诺威的领主十分优待亨德尔，想要重用他。

但亨德尔想四处游历，于是他对领主说："我接下来要游历四方，到各地研习。请等我回来。"

领主听了感到很惋惜，说："那请你尽快回来吧。如果你回来，我会给你7500英镑。"

亨德尔被这番话感动得热泪盈眶，说："非常感谢。我会尽快回来的。"就这样，他再次踏上了旅途。

后来，亨德尔去了英国，在伦敦生活得非常顺心。他看中了那里非常舒适的环境，就留在了英国，再也没有回德国了。

1714年8月，安妮女王驾崩，无子嗣。于是由亲戚德国汉诺威领主继位，称乔治一世。

亨德尔曾向汉诺威领主许诺会回汉诺威，最后却一声不吭地留在了英国，因此当时的汉诺威领主，也就是现在的英国国王乔治一世对此很生气。跟随国王的官员们也很排斥亨德尔，气愤地说："亨德尔不守信用，太不像话了。"

因为没有遵守与国王的约定，亨德尔担心自己会被判罪，每天都忧心忡忡地躲在家里。

亨德尔的朋友基尔曼塞格男爵也很担心他，想做些事情解开国王的心结，让亨德尔的罪过得到宽恕。国王即位后不久，基尔曼塞格男爵就对国王说："陛下，举办伦敦特色的泰晤士河游船会来庆祝陛下即位，怎么样？"

国王听了之后很高兴，说："这个主意不错。那你快点去准备吧。"

活动当天，也就是新国王第一次乘船出游的日子，泰晤士河被装饰得非常华丽，无数漂亮的小船在河上航行。其中，国王的船是最华丽的，船上有一个用黄金和珠宝装饰的王座，流光溢彩、绚丽夺目。紧随其后的是几艘装饰着鲜花和帷幔的美丽小船，船上坐着的是一些贵族绅士、淑女和军官等。小船缓缓地顺着泰晤士河漂流而下。

没过多久，一艘特别醒目、华丽气派的大船缓缓驶向国王的船。船上有一百多人，拿着几十件乐器，整齐地排列着。

靠近国王的船时，一名男子笔直地站在高高的平台上举着指挥棒。指挥棒一落下，恢宏大气的管弦乐演奏声充满了泰晤士河。

这是多么庄严雄壮的音乐！在德国、法国或意大利，从未曾听过如此壮丽恢宏的音乐。

国王百思不得其解，对身边侍奉他的基尔曼塞格男爵，难以置信地说："朕从来没有听过如此气势磅礴的音乐。究竟是何人创作？"

基尔曼塞格男爵趁机大声说道："这是我们这个时代最伟大的音乐天才亨德尔的作品，他曾经受到过国王陛下的款待。亨德尔承蒙皇恩，却背信弃义，至今深知无颜觐见国王陛下，想借今天的盛典，为陛下送上万寿无疆的祝福，以表庆祝。他若能有幸得到陛下宽宏大量的恩惠，赦免过去的罪行，允许他一如既往地为陛下效力，这将是何等的荣幸啊！"

事实上，是基尔曼塞格男爵事先嘱咐亨德尔创作这首乐曲并在今天演奏的。

国王高兴地笑着说："原来这首曲子出自亨德尔之手。回宫后，让他立刻前来觐见。"国王回宫后，亨德尔马上前往觐见。

国王感慨地说："我很遗憾你没回到汉诺威。但如今我们却在英国相遇,甚至比在汉诺威时,我们的关系更近了,我甚是欢喜。"

此后,亨德尔受到了更高的待遇,得到的薪酬比担任女王老师时还要多,从此过上了荣华富贵的生活。

家庭音乐教育的注意事项

最后，我想特别对父母们说几句话，这关系到如何在家中对子女进行音乐教育的问题。下面，我将逐一阐述各种问题。

首先，我想谈的是儿童教育中的一个严重问题：人们把音乐当作娱乐，用于抚慰人心。但是，教育绝不是儿戏，音乐也不是娱乐。

一直以来，大多数人都把音乐视为一种娱乐，如果从广义上理解娱乐一词，或许并无大错。但大众一般认为娱乐是"闲时的消遣"，这就大错特错了。

以江户时代的音乐为例，有许多歌词、歌曲以及其他形式的作品被认为没有教育价值。那个时代最与众不同的先驱者新井白石和太宰春台等学者热衷于研究音乐对大众的影响，但主要局限于歌词，也就是歌句。音乐不仅通过歌词，而且主要通过音调的组合方式对人的心灵产生巨大影响。在这方面，熊泽蕃山被认为是一位先驱。

到了明治时代，不管是筝还是琵琶都在教育中占据了重要的地位。人们不再单纯地把它们当作娱乐，而是把它们视为有助于培养品格的音乐。但大多数人对音乐的认识还停留在歌词层面，还没有认识到曲调也是培养伟大品格的重要形式。

除了这几个例子之外，在以前被认为只有娱乐价值的音乐，随着时代的进步和变化，得到了重视，其价值也被看得越来越重要，现在已被视为塑造人格的绝对必要的教育元素。人们还必须研究出将音乐教育的效果发挥到最好的方法，这也是当今的趋势。

然而这只是理想的讨论状态，实际上，它仍然被视为娱乐。尤其是幼儿园和小学的音乐课还没有摆脱这种状况，令人感到悲哀。但是在教育幼儿时，只要教师在方法和选择上不出差错，完全可以在玩耍、娱乐中达到音乐教育的目的。

如果我们从历史的角度来审视音乐的教育价值，就会发现在古希腊出现了柏拉图、亚里士多德和苏格拉底等许多伟大的哲学家。其中一个原因就是在古希腊，人们认为音乐如同艺术一样，能打开心灵之窗，让心声化为音符流淌出来。因此，音乐被称为与人格息息相关的高贵艺术。人们认为，演奏优美音乐的人，是拥有高尚品格的人；而演奏糟糕音乐的人，则是卑劣的人。在著名哲学家亚里士多德的政治学中，有许多关于音乐的论述，从中可以看出他们在教育上对音乐的重视。

底比斯是古希腊历史上著名的城邦，因其为公民的人格奠定了基础而享誉至今。底比斯城里住着一位叫品特的音乐家，他通过音乐塑造了古希腊人的品格。他本身也是一位受人尊敬、拥有高尚品格的人。当时占据南方的是非常强大的斯巴达国，他们的国王阿格西劳斯是一个非常强悍的人，他多次进攻底比斯城并将其烧毁。但是，国王阿格西劳斯下令不准烧品特的房子，因为品特用音乐塑造了古希腊人的品格，烧毁他的房子就是对艺术的不尊重，也就是不尊重人格。国王为表示尊重品特在音乐方面的成就，派出自己的军队保护位于敌方的品特的房子，以防被大火烧毁。

后来，北方大名鼎鼎的亚历山大大帝进攻底比斯城时，也在品特的房子上竖起了一面大旗，作为特别保护的标记，下令任何士兵都不能进入此房进行抢劫。由此可见，古希腊人是多么尊重人格教育以及与其密切相关的音乐艺术。

与此相反的是，古希腊灭亡后，文明中心转移到了罗马，出现了庞大的罗马帝国，罗马人起初并不了解艺术，只是把音乐当作一种娱乐消遣罢了。

然而，罗马帝国衰落后，基督教开始兴盛起来。后来出现了伟大的罗马教皇格里高利一世，他大力推广基督教，并以此来拯救没落的罗马。从那以后，罗马教会在欧洲非常有势力。时至今日，几乎整个欧洲都信基督教，这也是因为格里高利一世对基督教的推广。

格里高利一世利用音乐和其他艺术形式，在欧洲普及基督教。他开创的音乐被称为格里高利圣咏。然而，另一方面，由于罗马人没有睁开心灵的眼睛欣赏这门尊贵的艺术，修道士们只是一味地钻研技术，这使得音乐变得越来越晦涩难懂，成为普通人无法欣赏的艺术，变成了一门技术。真是令人遗憾啊。

就这样，一千年过去了，文学复兴时代出现了，人们睁开了真正了解艺术的眼睛。历经大约一百年，早期现代音乐终于开始散发闪耀的光芒，著名的音乐家巴赫出现了。又过了两百年，流芳千古的乐圣贝多芬也出现了。然而，我们回过头来审视学校和家庭对孩子们音乐教育的方式时，就会发现这和千年前罗马人的音乐教学方式一样，这真令人遗憾。

音乐教学是儿童教育中最重要的部分，但在音乐教学中，孩子们所学到的音乐并不是发自内心的，也与音乐毫无关系，而是由职业音乐工作者创造出来的技巧性音乐。孩子们在小学时代学唱歌时，他们只是被告知要模仿老师，如果能模仿得惟妙惟肖，就能得到一个很好的分数。这跟八哥学舌或鹦鹉学舌又有什么区别呢？

然而，令人欣喜的是，最近这一方面也迎来了觉醒。我们在思考如何才能创作出从孩子的真心中涌现出的音乐，即对孩子的人格有着深刻联系的音乐艺术时，必须立足于以下两点：

一、具有教育价值的音乐必须立足于现代文明，即立足于乐器。

二、在家中唱歌不应以娱乐为目的，而应以培养适应现代文明的人格为基础。

发自孩子内心的音乐，应注重音乐的整体感觉是否与孩子的感受完全一致。这是最重要的一点。因为孩子们不一定能够听懂歌词，所以如果把音乐教育当成说教或念经，歌词都是道德语言，那就太狭隘了。当然，我们也不能让孩子接受那些不好的歌词。总而言之，仅仅是那些教孩子分辨善恶的歌词并不能对儿童产生最佳的教育效果。但是，如果歌曲的整体感觉是纯洁无瑕的，能够触动儿童心灵，那就足够了。

其次在作曲方面，并不是出自孩子之手的作品就一定是好作品。儿童没有分析思维，也没有未来规划，如果大人不加以引导，任其发展，那孩子们的音乐与原始人的音乐又有什么不同呢？有人说："让孩子们顺其自然，经过漫长的岁月，终究也可以发展出好的音乐。"但这与当今的文明社会有极大的矛盾，是浪费时间和精力的愚蠢之举。

此外，女歌手唱的歌要比男歌手的更适合幼儿听。男声往往不纯净、浑厚，这会让幼儿听起来不清晰。所以，最开始还是让他们反复聆听优美的女声，再让幼儿与音乐播放器一起唱歌。

至于如何选择音乐的性质呢？首选是有趣的节拍，其次才是优美的歌词。对于学龄儿童来说，应该是在学习旋律的基础上，了解音乐本身。用播放器给孩子进行音乐鉴赏教育的好处是：

（一）操作轻便（相对于实际使用乐器）；

（二）费用少；

（三）易于让人们欣赏优秀的音乐。例如大管弦乐、合唱、已故伟大音乐家的作品等等；

（四）家长和教师如果一边亲自演奏，一边教导儿童，就会把注意力都集中于演奏，而不太关注儿童的面部表情和演唱风格；借助媒体播放音乐时则不存在此问题。我认为，如果不在家庭和学校借助媒体播放音乐，音乐教育将越来越难以达到充分的效果。

从出生后的满月到一岁期间，也就是从摇篮时期开始，对婴儿进行音乐教育，首先要让婴儿感受音乐的美妙之处，这是音乐教育的基础。

这样做的目的是让他们习惯音乐，不是习惯噪音，从而培养音感。音乐并非像绘画一样基于对自然界常识性的感觉，而是纯粹来自人类头脑的抽象想象，再通过声音的方式呈现出来。这种音乐教育所需要的声音是抽象的音乐，而不是基于自然界中产生的常识性噪音。因此，音乐教育首先要对这种特殊的抽象音乐具有敏感性。

因此，为了让孩子正确理解这种抽象的音乐，在脑细胞尚未发育完全的婴儿时期，先让他习惯高雅的音色、正确的音调。所以，简单、清晰的音色就适合婴儿时期的音乐教育。我认为小提琴的音色就很适合。

接下来，从上幼儿园前一段时间开始，就需要童谣了。近年来的孩子们，尤其是在城市里长大的孩子们，在火车、汽车等嘈杂声中长大。我觉得在没有优美的童谣中长大的儿童实在是可怜——他们内心空洞，将来可能会成为一个可怕的人啊！

虽说是童谣，但也不是什么歌曲都能称为童谣。特别是在童谣中，是不能掺杂颓废又柔弱的江户情绪的，而应该是尽可能地悦耳动听，充满正能量的。另外，可以用播放器来播放舒曼（Schumann）的《梦幻曲》，勃拉姆斯（Brahms）的《摇篮曲》或者其他的小夜曲。

幼儿园的孩子需要接受音乐的基础教育，因此必须强调节拍，并将他们的动作与音乐联系起来。也就是说，应该让四岁左右的孩子边听音乐边随心所欲地跳舞。舞蹈是一种自发的情感流露，是令人尊敬的珍贵艺术。在《小步舞曲》或《塔兰泰拉舞曲》等舞曲面前，孩子们会不知不觉地翩翩起舞。

在幼儿园里，老师会把许多孩子集中在一起，给他们播放有趣的音乐，让他们跟着音乐跳舞。然后再由他们自己选出最好的舞步作为标准动作，这也是一个有趣的尝试。在幼儿园时代，让孩子们边听音乐边活动身体是十分重要的，让大家一起跳舞也是一件非常好的事情。

很多人一起听一样的音乐，并随着音乐舞动身体时，自然而然地就跳起了某种舞蹈，所谓的民间舞蹈就是其中的一种。日本的盂兰盆舞也是如此。因此，民间舞蹈在人格教育上发挥着重要力量。但是，现在很多的传统民间舞蹈，如盂兰盆舞，都被演员和艺人以展示为目的，改编后表演给观众看，这并不利于音乐教育。

因此，我认为调查研究各地的民间舞蹈并将其作为儿童教育材料，或许是一个好主意。我家的家庭舞蹈就是这样创作出来的教育舞蹈。在本会①发行的《如何跳家庭舞》（田边八重子著）这本书上有详细记载。

最近，美国的小学和女子学校，设立了各国的民间舞蹈的教育课。因为他们认为这种舞蹈对幼儿的教育价值远远超过纯音乐。

在小学一年级阶段，有必要让孩子们了解现代音乐所包含的内容，可以让孩子们听描述性的音乐，如《森林里的铁匠》《钟表店》《黑森林狩猎》等。

从小学三年级阶段，孩子开始以分析性的方式鉴赏音乐。从这时开始，让孩子演奏音乐会有助于学习音乐。比如随音乐击鼓、拍手或舞动指挥棒。

为了帮助他们了解音乐的基本性质和表现形式，可以带他们到郊外或春天的田野河畔，播放贝多芬的《田园交

---

① 指原书的出版方文化生活研究会。

响曲》和罗西尼的歌剧《威廉·退尔》序曲，也是一个不错的选择。

其次，如果在不同的场合下给孩子们听各种类型的音乐，比如早上起床时的晨曲，晚上睡觉时的夜曲，听完英雄故事后的《军队进行曲》，欢声笑语时的《罗莎蒙德之舞》等音乐。这在音乐教育上带来的影响，几乎是不可估量的。

因此，我希望在每个孩子的房间里都有一个音乐播放器，这样他们就能早上在活泼的音乐声中醒来，晚上在轻缓的音乐声中入睡。

此外，时不时地播放一些好听、舒缓的音乐，可以让孩子的心平静下来，缓解精神紧张。这不仅对儿童有效，对成年人也很有效果。尤其对于那些必须头脑清醒工作的人来说，将会有超过预期的效果。

图书在版编目（CIP）数据

月光曲 /（日）田边尚雄著；王洁花译. -- 武汉：长江文艺出版社，2024.1
　　ISBN 978-7-5702-3373-1

Ⅰ. ①月… Ⅱ. ①田… ②王… Ⅲ. ①儿童故事－作品集－日本－现代 Ⅳ. ①I313.85

中国国家版本馆 CIP 数据核字（2023）第 218585 号

月光曲
YUEGUANG QU

责任编辑：付玉佩　　　　　　责任校对：毛季慧
封面设计：天行云翼·宋晓亮　　责任印制：邱　莉　　胡丽平

出版：长江出版传媒　长江文艺出版社
地址：武汉市雄楚大街 268 号　　邮编：430070
发行：长江文艺出版社
http://www.cjlap.com
印刷：武汉市籍缘印刷厂

开本：640 毫米×970 毫米　　1/16　印张：6.5　　插页：4 页
版次：2024 年 1 月第 1 版　　　　2024 年 1 月第 1 次印刷
字数：60 千字

定价：22.00 元

版权所有，盗版必究（举报电话：027—87679308　　87679310）
（图书出现印装问题，本社负责调换）